COLLECTION FOLIO

Shichirô Fukazawa

Étude à propos des chansons de Narayama

Traduit du japonais
par Bernard Frank

Gallimard

Depuis un siècle environ que le Japon est entré dans le courant du monde moderne, la plupart des écrivains japonais notoires ont été des gens de haute culture, sortis de l'Université et relativement avertis des littératures et des pensées étrangères. D'où vient que, quelles que soient les tendances personnelles de ces écrivains, on peut, en général, reconnaître dans leurs ouvrages un caractère intellectuel assez prononcé.

Le cas de l'auteur de la nouvelle qu'on va lire est tout différent. Né à Isawa-machi, préfecture de Yamanashi, dans une région montagneuse du Japon central où le relief rend la terre ingrate et maintient l'homme à l'abri des influences extérieures,

7

*Shichirô Fukazawa — ou, plus exacte-
ment, selon l'usage japonais qui veut que le
nom de famille précède le nom personnel*[1]*,
Fukazawa Shichirô — ne poursuivit pas
ses études au-delà du premier cycle secon-
daire qui se terminait, dans le régime en
vigueur alors, vers la seizième année.
Naturellement attiré par la littérature, il
lut cependant un certain nombre d'ouvrages, dont ceux du grand romancier
Tanizaki Junichirô qu'il se plaît à reconnaître comme son maître. Il a même avoué
que, dès sa jeunesse, lui-même composa
quelques écrits. Mais, plus que les livres, ses
véritables maîtres furent sans doute sa
montagne natale, les paysans soucieux
parmi lesquels il vécut; la musique, enfin,
qu'il aima de bonne heure et dont les
rythmes imprègnent sa prose.*

Le voici bientôt étudiant en guitare

1. Je me conformerai, dans la suite de cette note,
à cet usage, auquel je n'ai renoncé en tête du livre
que pour éviter une confusion.

classique — un instrument qui, pour être d'importation, n'en est pas moins assez populaire dans le Japon de nos jours — et élève d'un professeur renommé, Ogura Shun. A ce titre, il entre dans la troupe des musiciens du grand music-hall de Tokyo, le Nichigeki. Là, il rencontre un homme aussi cultivé qu'actif et bienveillant, M. Maruo Chôken, producteur de spectacles du music-hall, qui l'encourage dans son désir de s'exprimer par l'écriture.

Et voici que sa vie, brusquement, change; qu'un miracle littéraire se produit. Il écrit l'Étude à propos des chansons de Narayama (Narayama-bushikô). La grande revue Chûô kôron s'intéresse à lui, le publie et, en novembre 1956, lui décerne son prix annuel, le « Prix de l'Homme Nouveau[1] ». Il est alors âgé de quarante-

1. L'Étude à propos des chansons de Narayama a été ensuite publiée par le même éditeur sous forme d'un volume indépendant en compagnie de deux autres nouvelles de l'auteur : Tôhoku no zummu-tachi et Yureru ie

deux ans. Il devient célèbre d'un seul coup.
Le Japon, pour un temps, ne parle plus que
de lui. De partout, on vient l'interviewer,
tant ce livre inattendu et qui ne pouvait
venir que de lui émeut, et suscite de
passions contradictoires. La rudesse, la
franche cruauté de l'œuvre révulsent les
uns, tandis que son humanité profonde, sa
poésie mystérieuse qui semble venir du fond
des âges, sa composition musicale la font
porter par les autres au pinacle. Tous ceux
qui ont soif d'une littérature neuve et vraie
et, parmi eux, nombre des plus fameux
écrivains, le vieux critique Masamune
Hakuchô, Tanizaki lui-même, Itô Sei,
Mishima Yukio, Takeda Taijun lui ap-
portent leur caution.

L'ouvrage se présente comme une suite
de chansons dont l'auteur nous invite à

(février 1957). Plus récemment (avril 1958), a paru un
long récit : *Fuefuki-gawa*. L'accueil fait par la critique
à ces autres œuvres a été, dans son ensemble, plus
réservé.

10

croire qu'il n'a fait que les recueillir — il pousse le réalisme jusqu'à en donner la musique en appendice — et à partir desquelles il fait semblant, grâce aux allusions qu'elles contiennent, d'avoir reconstitué méthodiquement toute une société. Ainsi s'explique son titre pseudo-savant d'où une certaine intention parodique n'est pas absente.

Mais, beaucoup plus que de malice, c'est de douleur que ce livre est fait. Prenant pour thème une vieille légende locale, aussi connue au Japon que peut l'être en France Le Petit Poucet[1], *Fukazawa s'est attaché*

---

1. Je choisis l'exemple du *Petit Poucet* parce que cette vieille tradition française est, sans doute, comme la légende japonaise d'*Obasute-yama* dont Fukazawa s'est inspiré, l'aboutissement folklorique de préoccupations qui furent dramatiques dans les âges anciens et dont une très grande partie de l'humanité n'est pas encore exempte.

Je crois à peine utile de préciser que la peinture qu'on lira plus loin ne constitue pas une description de faits réels, et qu'elle est sortie de l'imagination de l'auteur.

11

à décrire un monde obsédé par l'angoisse de la faim, angoisse qu'il nous montre comme la plus fondamentale de l'homme. Dans l'univers clos où il a situé son action, quelque peu au nord du pays de son enfance, la nourriture se tire si chichement du sol que la société n'a d'autre ressource, pour survivre, que d'avoir édifié ses lois et sa morale en fonction de la répartition alimentaire. Et l'auteur nous montre que, dans une société fondée sur un principe qui paraît au premier abord si bestial, il peut exister la plus sublime vertu comme la plus pitoyable laideur. Ses personnages sont, à cet égard, des archétypes. Ce faisant, Fukazawa nous entraîne à nous poser le problème du fondement de nos propres valeurs. Exprimée sur un mode tout poétique, sa critique sociale et morale porte loin.

Un autre point de vue à partir duquel on peut envisager cette œuvre est le point de vue bouddhique. On sait que l'idée essentielle du bouddhisme est la doctrine du karman, *selon laquelle nos actes nous suivent et nous font. Or, rien ne semble plus conforme à cette idée que la destinée des personnages de l'*Étude *à propos des* chansons de Narayama, *en particulier, celle des deux figures qui sont, à mon sens, les plus significatives du drame : je veux dire O Rin et Mata-yan. Leur destinée, l'un comme l'autre, ils l'auront chaque jour fabriquée, en fonction des tendances qu'ils n'ont cessé de cultiver en eux-mêmes et dans ceux qui les entourent ; Mata-yan, avec son égoïsme ; O Rin, avec son abnégation. Ils en portent totalement la responsabilité. Les oiseaux noirs entre lesquels tombe Mata-yan et la neige immaculée qui enclôt O Rin comme un lotus blanc de la Terre pure, ne sont-ils pas, dans le monde moderne, une transposition des vieux thèmes de l'*Ojô-yôshû, *cette sorte de* Divine Comédie *bouddhique qu'écrivit au* X*e siècle de notre ère le moine Genshin ? Je* *verrais là, pour ma part, une preuve que le bouddhisme n'a pas cessé d'être, contraire-ment à une affirmation assez répandue, l'une des sources vivantes de la pensée japonaise. Le fait est d'autant plus remar-quable que l'auteur, lorsque cette interpré-tation lui fut soumise, y souscrivit avec un plaisir visible, tout en avouant que la notion de* karman, *qui exprimait, en effet, très bien ce qu'il avait voulu dire, n'avait pas été chez lui clairement consciente. Elle dominait tout naturellement son esprit.*

En lisant ce texte empli de forces insoup-çonnées, un ami japonais me confia qu'il avait eu le sentiment de descendre jusqu'au plus obscur de lui-même, de goûter sa propre saveur mythique. Fukazawa pour-rait bien avoir dégagé, en ce qui concerne le Japon, quelque chose d'aussi profond que Kafka pour le monde juif ou Lorca pour l'Espagne ; un sentiment très ancien de la vie, de la mort, de la nature où tout se fond.

Puisse le lecteur retrouver ce sentiment à travers les mots de cette traduction, que l'on s'est efforcé de faire aussi littérale que possible, et dans le mouvement des thèmes que l'auteur développe et reprend à la façon d'une symphonie.

Le traducteur désire exprimer sa gratitude envers le professeur Watanabe Kazuo, de l'université de Tokyo, qui eut l'amabilité d'examiner son manuscrit et de lui faire plusieurs très précieuses remarques. Il voudrait aussi la dire à l'égard de Roger Caillois qui fit, dès l'abord, un heureux accueil à ce texte et voulut bien le présenter à l'Éditeur.

Juin 1958
B. F.

[Les noms, propres ou communs, que l'on a dû laisser ici sous leur forme originale en japonais, ont été transcrits selon le système habituellement utilisé pour cette langue. Il importe de noter que, approximativement, *e* y correspond au français *é; u,* à *ou; ch,* à un *tch* peu appuyé; *gi, ge,* à *gui, gué;* et le *n* final, à celui de l'anglais *pen.* Ajoutons que *s* n'y a jamais la valeur d'une sonore.]

Aux montagnes succèdent les montagnes. Où qu'on aille, ce ne sont rien que montagnes. Au milieu de toutes ces montagnes du Shinshû[1], à la lisière d'un village, *Mukô-mura*, « le village d'en face », était la maison d'O Rin. Devant la maison, il y avait la souche coupée d'un gros *keyaki*[2]. Comme la surface en était aussi lisse qu'une planche, les enfants et les passants s'y asseyaient : on le tenait pour un grand trésor. A cause de cela, les gens du village appelaient la maison d'O Rin, « la Souche ». O Rin était

1. Province montagneuse du centre du Japon.
2. Sorte d'arbre de l'espèce des ormes.

venue là comme bru, cela faisait plus de cinquante ans.

Dans ce village-ci, on appelait le village où se trouvait la maison natale d'O Rin, « le village d'en face ». Comme les villages n'ont pas de nom, on s'appelait à l'unisson, des deux côtés, « le village d'en face ». Quoiqu'on dît « village d'en face », il y avait une montagne à passer pour y parvenir. O Rin avait eu cette année-là ses soixante-neuf, mais son mari était mort il y avait déjà plus de vingt ans. La femme de Tappei, son fils unique, en allant au ramassage des marrons, l'année passée, avait roulé au fond d'un ravin et s'était tuée. Plus que de s'occuper des quatre petits-enfants qui restaient, chercher une seconde femme pour Tappei devenu veuf lui était une cause de mal de tête. C'est que, ni dans le village, ni au village d'en face, il n'y avait une veuve qui convînt.

Ce jour-là, O Rin avait entendu les

deux voix qu'elle attendait. L'une concernait la chanson de la fête que, le matin, quelqu'un qui se rendait à la montagne de derrière avait chantée en passant :

Quand la fête de Narayama par trois fois vient
Des marrons tombés les fleurs germent,

C'est la chanson de la danse du *Bon*[1] du village, dont elle s'était demandé si, bientôt, quelqu'un n'allait pas la chanter. Cette année, on ne l'avait pas encore chantée ; aussi O Rin s'en inquiétait-elle. Ce chant voulait dire que, quand trois années passent, on vieillit de trois ans et, comme au village, arrivé à l'âge de soixante-dix, on se rend au pèlerinage de Narayama[2], c'était aussi un chant pour

1. Le *Bon* est la fête bouddhique des morts, qui a lieu au cours du septième mois du calendrier lunaire. Cette fête est l'occasion d'une danse nocturne accompagnée de chansons, qu'on appelle le *Bon-odori*.
2. Narayama signifie littéralement « la montagne aux chênes ».

faire connaître aux vieillards que ce temps s'approche.

O Rin tendit l'oreille du côté où la chanson s'en était allée. Elle regarda furtivement le visage de Tappei qui se trouvait à côté d'elle : Tappei, lui aussi, comme s'il eût été à la poursuite de la voix qui venait de chanter, écoutait, en pointant le menton. Mais elle vit qu'un reflet faisait briller ses yeux ; elle pensa : « Tappei viendra avec O Rin au pèlerinage de Narayama. » A en juger par l'expression de son regard, il n'y a pas de doute, il s'en préoccupe, lui aussi.

« Mon fils est un bon drôle ! »

Sa poitrine se serra.

Quant à l'autre voix qu'O Rin avait attendue, c'est qu'un courrier était arrivé de chez elle pour annoncer qu'au village d'en face, il venait d'y avoir une veuve. Cette veuve avait quarante-cinq ans, le même âge que Tappei. Il y avait tout juste trois jours que les funérailles de son mari s'étaient faites, paraît-il. Du moment que l'âge convenait bien, c'est comme si l'affaire avait déjà été conclue. Le courrier était venu pour annoncer qu'il y avait une femme tombée veuve et il était rentré après qu'on eut fixé jusqu'au jour où elle viendrait comme bru. Tappei, étant allé à la montagne, était alors absent. On ne pourrait néanmoins dire qu'O Rin avait pris cette décision toute seule : disons plutôt que les choses s'étaient trouvées décidées du seul fait qu'elle avait entendu les paroles du courrier. Il suffisait qu'elle exposât l'affaire à Tappei quand il rentrerait, et ce serait bien ainsi. Dans quelque famille que ce fût, les questions de mariage se réglaient simplement. Les gens qui se plaisaient se choisissaient après avoir discuté entre eux librement et il n'y avait aucun événement spécial du genre d'une cérémonie de mariage : l'intéressée se contentait d'aller habiter dans la maison en question, et c'était tout. On avait bien recours aux services d'un intermédiaire, mais dès lors que les âges s'accordaient, l'affaire était conclue; l'intéressée, tandis qu'elle était en visite à la maison en question, s'y installait complètement, et elle finissait, sans qu'on pût dire depuis quand, par devenir une personne de la famille. Il y a bien le *Bon* et le nouvel an, mais comme il n'y a aucun endroit pour aller s'amuser, on se contente alors de ne pas travailler et voilà tout. La préparation d'un bon repas n'a lieu qu'au moment de la fête de Narayama, et tout le reste se termine sommairement.

O Rin regarda longuement du côté par où le courrier s'en était retourné. Ce courrier avait dit qu'il était un envoyé venu de chez elle, mais elle pensa qu'il devait être l'un des proches de la femme qui allait venir comme bru. Alors qu'il s'était passé tout au plus trois jours depuis que le mari de celle-ci était mort, cette façon de se précipiter et de vouloir conclure l'affaire aussitôt, semblait indiquer que le nouvel établissement de la veuve était une grande cause d'anxiété. « Pour nous aussi, qu'il soit venu rapidement est une bien bonne chose », se dit-elle.

Comme, l'an prochain, O Rin allait avoir ses soixante-dix et que c'était l'âge où elle irait au pèlerinage de Narayama, elle s'était impatientée en se demandant comment on ferait si une bru n'avait pas été trouvée à ce moment-là. Or, voici qu'arrivait la bonne aubaine d'une personne qui convenait exactement par l'âge. Dans peu de temps, la bru allait venir d'en face, avec son père ou avec quelqu'un d'autre. A cette pensée, O Rin se sentit allégée, comme si un fardeau fût descendu de dessus ses épaules. Devant la perspective, pas tant qu'il allait venir d'en face une bru, mais simplement qu'il allait venir une femme, la question la plus difficile se trouvait arrangée. Pour ce qui est des petits-enfants, il y avait trois garçons dont l'aîné, Kesakichi, avait seize ans; le dernier-né était une fille, qui n'en avait pas encore trois. Depuis quelque temps, comme une nouvelle compagne n'arrivait pas à se trouver, Tappei semblait, pour sa part, y avoir renoncé; il finissait par être distrait. Aussi bien qu'O Rin, tout le monde dans le village avait remarqué son air de manquer d'entrain pour quoi que ce soit. Avec ça, il allait la retrouver, sa bonne humeur! L'entrain gagna jusqu'à O Rin elle-même.

Le soir, quand Tappei, rentré de la montagne, s'assit sur la souche, O Rin, de l'intérieur de la maison, lui cria par derrière — c'était comme si elle l'avait aspergé d'eau :

— Hé! Y vient une bru du village d'en face! É n'est veuve que depuis avant-hier, mais, s'tôt passé l'quarante-neuvième jour, y disent qu'é va v'nir.

O Rin, à l'idée de raconter que la bru était trouvée, se gonflait de fierté, comme s'il s'était agi d'annoncer un exploit.

— C'est-y possible... Du village d'en face... eh... Quel âge elle a?

O Rin bondit à côté de Tappei.

— Tama-yan, è s'appelle. Elle a quarante-cinq, comme toi.

Tappei en riant :

— A l'heure qu'il est, c'est qu' la chose me travaille plus beaucoup... ha, ha, ha!

Est-ce parce que Tappei était un peu gêné? Sa joie ne semblait pas à l'unisson de celle d'O Rin. Est-ce que Tappei n'aurait pas une autre idée en tête que celle d'avoir une seconde femme? Avec son flair de vieille, elle se demanda aussi cela, mais elle se sentait heureuse comme dans un songe.

27

A Narayama, un dieu habitait. Ceux qui étaient allés à Narayama, tous, avaient vu le dieu. C'est pourquoi il n'y avait personne qui eût des doutes. Comme on dit que le dieu existe réellement, on faisait une fête à laquelle on donnait un soin spécial, qu'on ne donnait pas aux autres célébrations. En fait de fête, c'était finalement comme s'il n'y avait eu que la fête de Narayama. En outre, comme celle-ci avait lieu coup sur coup avec le *Bon,* la chanson de la danse du *Bon* avait fini par se confondre avec la chanson de la fête de Narayama.

Le *Bon* s'étendait du treizième au seizième jour du septième mois du calendrier lunaire, et la fête de Narayama était la veille du *Bon;* c'était une fête de la nuit du douzième jour du septième mois. C'était une fête où, en dehors des produits du début de l'automne, marrons sauvages, raisins sauvages, fruits du *shii* et du *kaya*[1], champignons frais poussés [que l'on consommait à cette occasion], on faisait cuire et mangeait du riz, qui est la chose la plus précieuse qui soit ; et où, après avoir fabriqué du *doburoku*[2], on se régalait toute la nuit. On appelait le riz « Messire le *hagi* blanc[3] ». Dans ce village pauvre, on en cultivait, mais la récolte n'en était pas grosse. Comme, sur ce sol montagneux, il n'y a pas de terrains plats, la nourriture quotidienne se composait de millet — *awa* ou *hie* —, de maïs et d'autres

1. Noms d'arbres d'espèces sauvages, répandus au Japon.
2. Le *doburoku* est le vin de riz non encore raffiné. La présence des grains de riz lui donne l'aspect d'un brouet alcoolisé.
3. Le *hagi* est une jolie plante qui fleurit à l'automne et dont les fleurs, de couleur rose, rappellent la forme des grains de riz. Ainsi s'explique le surnom de « *hagi* blanc » donné à la précieuse céréale. Le riz, nourriture par excellence, apparaît dans la cosmologie japonaise comme doué d'un caractère divin. Le terme « Messire » est une marque du respect qu'on lui porte.

cultures, dont on récoltait davantage. Le riz était chose que l'on ne mangeait que lors de la fête de Narayama ou en cas d'une grave, grave maladie.

La chanson de la danse du *Bon* dit :

Mon papa dans sa conduite quelle malice
Si trois jours il est malade on cuit du riz

C'était une chanson pour mettre en garde contre le luxe. Elle voulait dire : dès qu'il a le moindre mal, le père, chez nous, aussitôt, mange du riz ; c'est pourquoi on se gausse de lui comme d'un débauché ou d'un idiot. Cette chanson était utilisée aussi dans toutes sortes de cas à la manière d'un proverbe : quand un enfant était paresseux, ses parents ou ses frères chantaient :

Mon frangin dans sa conduite quelle malice
Si trois jours il est malade on cuit du riz

Elle était utilisée en guise d'avertisse-
ment pour dire : l'habitude de s'amuser
lui tient, et un drôle qui refuse à ce
point-là de se donner de la peine, est-ce
qu'il ne serait pas capable de vous
déclarer « qu'il veut manger Messire le
hagi blanc, et qu'on en cuise »? Elle était
utilisée quand on n'écoutait pas les
ordres des parents ou quand les enfants
avaient à donner quelque avis aux
parents.

En fait de chansons de la fête de
Narayama, celle qui dit :

Des marrons tombés les fleurs germent

était la seule, mais les gens du village
fabriquaient des couplets de rechange
comiques sur le même air, si bien qu'il y
avait toutes sortes de chansons.

La maison d'O Rin, étant à la lisière
du village, finissait par être comme une

voie de passage pour ceux qui allaient à la montagne de derrière. Encore un mois, et ce serait la fête de Narayama. Dès lors qu'une chanson avait fait son apparition, de proche en proche on se mettait à la chanter, et elle parvenait aux oreilles d'O Rin.

O Tori-san de la Maison au sel sa chance est bonne
Le jour qu'elle va à la montagne il neige

Dans le village, l'expression « aller à la montagne » a deux sens complètement différents. Dans les deux cas, c'est la même prononciation, c'est le même accent, mais tout le monde peut distinguer duquel des deux sens il s'agit. En parlant du travail, monter dans la montagne pour aller chercher du bois à brûler ou pour faire du charbon de bois, c'est aller à la montagne; mais l'autre sens, c'est le sens d'aller à Narayama. C'était une tradition de dire que si, le jour où l'on va à Narayama, il neige, on est quelqu'un dont la chance est bonne. A la Maison au sel, il n'y avait personne du nom d'O Tori-san, mais c'était quelqu'un qui, je ne sais combien de générations avant, avait vraiment existé et, du fait que le jour où elle était allée à Narayama il avait neigé, elle avait été mise en chanson et elle était restée dans la légende comme le personnage typique de quelqu'un dont la chance est bonne. Dans ce village, la neige n'était pas une chose rare. Quand venait l'hiver, il neigeait de temps en temps dans le village même et le sommet des montagnes, à l'hiver, devenait blanc de neige ; mais en ce qui concerne la personne appelée O Tori-san, ce qu'il y avait, est que la neige était tombée au moment où elle était arrivée à Narayama. Si l'on va sous la neige, c'est que la chance est mauvaise, mais dans le cas d'O Tori-san, ç'avait été idéal. Aussi cette chanson contenait-elle, en plus, un autre sens : elle donnait à entendre que, quand on va à la montagne, on n'y va pas l'été, et qu'il faut dans toute la mesure du possible y aller l'hiver. Et c'est pourquoi les gens qui allaient au pèlerinage de Narayama choisissaient pour s'y rendre un temps où il semble devoir neiger. C'était une montagne où, si la neige s'accumule, on ne peut aller. Narayama, où habite un dieu, était une montagne située en un lieu éloigné, que l'on gagne en passant sept vallées et trois étangs. Que si, après avoir parcouru un chemin sans neige, la neige ne tombe pas lorsque vous êtes arrivé, on ne peut pas dire que votre chance est bonne. Cette chanson prescrit donc aussi des délais assez limités, c'est-à-dire : Va avant que la neige ne tombe.

Il y avait longtemps qu'O Rin avait fait ses préparatifs intérieurs pour aller au pèlerinage de Narayama. Il fallait fabriquer du *sake* pour le banquet du moment du départ et puis, il y avait la natte pour s'asseoir, une fois qu'elle serait dans la montagne — mais cette natte était déjà prête depuis plus de trois ans. Il fallait que fût réglée la question d'une seconde femme pour Tappei devenu veuf, et cela aussi faisait partie des dispositions à prendre. Or, tant le *sake* du banquet que la natte et la question de la bru, tout était en ordre. Il restait cependant encore une chose qu'il lui fallait accomplir.

O Rin, après s'être assurée que personne ne regardait, saisit la pierre à feu. Ouvrant la bouche, elle tapa sur ses dents de devant en haut et en bas avec la pierre à feu, *gat gat*. Elle pensait ainsi casser ses solides dents. C'était une sale douleur qui résonnait *gan, gan,* jusque sous le crâne. Mais elle se disait que, si elle avait la patience de continuer à frapper, un de ces jours, des dents lui manqueraient. L'idée de ce manque finissait par lui être une joie. Aussi, ces derniers temps, en arrivait-elle à ressentir la douleur du choc elle-même comme une sensation de bien-être.

Les dents d'O Rin étaient, malgré la vieillesse, en pleine santé. Depuis son jeune âge, ses dents avaient été sa fierté. C'étaient des dents bonnes au point qu'elles pouvaient croquer jusqu'à du maïs séché. Même en vieillissant, il ne lui en était pas tombé une seule et, pour O Rin, ç'avait fini par être une cause de honte. Alors que Tappei, son fils, en avait déjà perdu un bon nombre, les dents d'O Rin, qui s'alignaient au complet, pouvaient donner à penser que, pour ce qui est de manger, elle était vraiment imbattable et qu'elle pouvait dévorer n'importe quoi. Et dans ce village qui manquait de nourriture, c'est une chose qui faisait honte.

Quand les gens du village rencontraient O Rin :

— Hé, avec des dents comme ça, on risque point de manquer! Même ce serait des pommes de pin ou des pois à péter qu'y n'y aurait point de restant!

Ce n'était pas là chose dite pour plaisanter. A coup sûr, c'était dit par raillerie. Ce qu'on appelle « pois à péter », ce sont les pois coupe-neige, ce sont des pois durs comme de la pierre et, lorsqu'on en mange, il ne fait que vous sortir des pets. Aussi, quand on pète après qu'on en a mangé, on dit : « Tiens, c'est parce que j'ai mangé des pois à péter... » On veut dire par là : des pois durs, mauvais, mais, d'habitude, on les appelle coupe-neige ou pois durs. Alors qu'O Rin n'avait, de sa vie, lâché un pet devant quiconque, employer exprès à son propos l'expression « pois à péter », il n'y a pas de doute, c'était pour se

37

moquer d'elle. O Rin l'avait bien compris. C'est qu'elle avait entendu combien de personnes lui parler comme ça. Avoir pris de l'âge et, qui plus est, être arrivée à un âge tel qu'on va s'en aller au pèlerinage de Narayama, et être bafouée de cette façon-là parce qu'on a ses dents en bonne santé... « Mais, après tout, c'est fatal... », pensait-elle.

Kesakichi, son petit-fils, lui aussi, la plaisantait en disant :

— J'crois que Bonne-Maman a trente-trois dents.

Même son petit-fils lui disait cela, sous un extérieur de taquinerie. O Rin avait beau, en les touchant du doigt, compter ses dents, y compris le haut et le bas il n'y en avait pourtant que vingt-huit.

— Débite donc des bêtises, va! Y en a que vingt-huit! répondait-elle.

— Hé! C'est qu'tu dois point savoir

compter plus loin que vingt-huit. Y en a sûrement davantage!

Ainsi l'accablait-il de réflexions désagréables. Kesakichi tenait à dire qu'elle avait trente-trois dents. L'année dernière, dans la chanson qu'il avait chantée pour la danse du *Bon*, il avait dit :

> *Ma Bonne-Maman dans un coin du cagibi*
> *A rassemblé trente-trois dents de diable*

et tout le monde s'était roulé par terre de rire. C'était une chanson que Kesakichi avait faite en transformant la chanson la plus bouffonne du village. Il y avait une chanson disant :

> *Notre Maman dans un coin du cagibi*
> *A rassemblé trente-trois poils d'un endroit secret*

C'était une chanson qui insultait les mères. Kesakichi l'avait chantée en changeant les paroles en « dents de diable », et il avait gagné de grands applaudissements. Aussi, pour lui, s'il n'y avait pas trente-trois dents, c'était sans saveur. Et il était allé raconter à tout le monde qu'O Rin avait trente-trois dents.

O Rin, quand elle était venue se marier au village, avait passé pour la plus belle femme de l'endroit et, après la mort de son mari, on n'avait pas pu faire circuler sur elle, comme sur d'autres veuves, des rumeurs déplaisantes. Alors qu'il n'était jamais arrivé qu'on parlât à son propos de cette façon-là, elle n'aurait jamais pensé qu'elle subirait [un jour] des affronts à cause de ses dents. En tout cas, avant d'aller au pèlerinage de Narayama, il fallait absolument qu'il se fasse par n'importe quel moyen une brèche dans ces dents-là, pensait-elle. Quand elle irait au pèlerinage de Narayama et qu'elle s'installerait sur une planche accrochée au dos de Tappei, elle voulait pouvoir y aller comme une belle vieille femme à qui il manque des dents. C'est pourquoi, subrepticement, afin que ses dents s'ébrèchent, elle essayait de les casser en se tapant dessus avec la pierre à feu.

A côté de chez O Rin, c'était une maison qu'on appelait « la Maison au sou ». Dans le village, on n'aurait pu trouver aucune manière d'utiliser des sous et il n'y en avait dans aucune famille. Mais, à la Maison au sou, une fois qu'ils étaient allés en Echigo[1], ils avaient rapporté un sou de *Tempô*[2]. Depuis ce temps-là, on les avait surnommés « la Maison au sou ». Le vieux père de la Maison au sou, appelé Mata-yan, avait eu cette année ses soixante-dix. Outre qu'il était le voisin d'O Rin, du

1. Nom d'une province qui s'étend au nord de celle de Shinshû.
2. *Tempô* est une ère de règne qui s'étend de 1830 à 1844, durant laquelle avait été frappée cette monnaie.

fait qu'il avait à peu près le même âge, il y avait bien longtemps qu'ils étaient compères. Mais tandis qu'O Rin s'était depuis des années préoccupée du jour où elle irait à la montagne, à la Maison au sou, ils étaient les plus ladres du village et, semblant trouver trop coûteux les préparatifs du banquet pour le jour du départ à la montagne, ils n'avaient, en vue de ce départ à la montagne, rien préparé du tout. La rumeur avait couru que le vieillard y serait allé avant le printemps de cette année, mais voici que l'été avait fini par venir. Il était à présumer qu'il irait cet hiver, mais il y partirait probablement en secret, disait-on entre soi. Toutefois, O Rin l'avait clairement compris, Mata-yan lui-même était un misérable accablé par les effets de mauvaises causes [1] et n'était pas dans

1. Expression bouddhique qui rappelle que toutes les choses de ce monde résultent d'actes accomplis antérieurement. La lamentable avarice de Mata-yan —

des dispositions pour aller à la montagne. « L'imbécile! » pensait-elle. O Rin, pour sa part, avait l'intention d'y aller sitôt arrivé le nouvel an où elle atteindrait ses soixante-dix.

A côté de la Maison au sou, c'était une maison qu'on appelait « le Pin calciné ». Derrière la maison, il restait un grand pin desséché dont le tronc avait pris l'allure d'un rocher. Il y avait bien longtemps de cela, la foudre était tombée sur ce grand pin et, depuis lors, il avait été surnommé « le Pin calciné ».

A côté de celle-ci, c'était la maison qu'on appelait « la Maison qu'y pleut ». Au sud-est par rapport au village, il y avait une montagne appelée *Tatsumi-yama*, « la montagne du sud-est ». Quand les gens de cette maison-là allaient à

_____

avarice atavique symbolisée par le fameux sou — est, à la fois, un effet de mauvaises causes et, en même temps, pour l'avenir, une source de mauvais effets.

cette montagne, c'était sûr qu'il allait pleuvoir, disait-on. On affirmait qu'autrefois deux membres de cette famille avaient trouvé à *Tatsumi-yama* un serpent à deux têtes et l'avaient tué et que, depuis ce temps, il pleuvait quand quelqu'un de chez eux allait à *Tatsumi-yama*. C'est pourquoi ils étaient surnommés « la Maison qu'y pleut ».

A côté encore, c'était la maison qu'on appelait le *Kaya no ki*[1], célèbre dans la chanson. Le village, en tout, comprenait vingt-deux maisons, mais le plus grand arbre dans le village était ce *kaya no ki*.

La Gin-yan du Kaya no ki *est une guenipe*
Après fils et petit-fils elle a porté au bras le souri-
ceau

A l'époque où O Rin était venue comme bru, une vieille appelée Gin-yan était encore en vie. Gin-yan était une

1. Sorte d'arbre de l'espèce des ifs.

44

bête qui avait gardé dans la chanson la vilaine renommée de guenipe. Ce qu'on appelle souriceau, c'est le fils du petit-fils, c'est l'arrière-petit-fils ; c'est une allusion au fait de mettre au monde beaucoup d'enfants, comme une souris. Dans ce village où l'alimentation était déficiente au plus haut point, voir ses arrière-petits-fils était une chose tournée en dérision, comme un signe que des personnes aux maternités nombreuses ou à la maturité précoce s'étaient succédé durant trois générations. Gin-yan avait mis ses enfants au monde, elle avait élevé ses petits-enfants et elle avait porté ses arrière-petits-enfants dans ses bras ; aussi avait-elle été couverte d'opprobre comme une femme n'ayant donné la vie qu'à des enfants luxurieux. Ce qu'on entend par guenipe, c'est une femme qui ne sait pas se tenir, c'est une femme impudique.

En arrivant au septième mois, personne ne demeurait plus tranquille. La fête ne durait qu'un jour, mais comme, en une année, elle n'avait lieu qu'une fois, on avait dès le début du mois le sentiment que c'était déjà la fête. Et ainsi, celle-ci finissait par être pour le lendemain. Tappei se trouvait occupé d'une manière ou d'une autre. Tout le monde était transporté de ravissement. Comme Kesakichi — on ne savait jamais où il était parti — n'était d'aucune utilité, Tappei allait et venait tout seul.

Comme il passait devant la Maison qu'y pleut, il entendit à l'intérieur le patron de la maison qui chantait la chanson des dents de diable :

O Rin-yan de la Souche dans un coin du cagibi
A rassemblé trente-trois dents de diable

« Le salaud! » pensa Tappei. C'était la première fois qu'il avait entendu une pareille chanson. Kesakichi avait lancé l'année dernière la mode de la chanter, mais, à ce moment-là, elle n'était pas parvenue aux oreilles d'O Rin ni de Tappei. Cette année, on la chantait en mentionnant ouvertement le nom d'O Rin-yan de la Souche.

Tappei entra prestement à l'intérieur de la Maison qu'y pleut. Comme le patron de la Maison était alors dans l'entrée, Tappei vint s'y accroupir, à même sur le sol de terre battue :

— Hé ben, tu veux t'y venir à la maison? Tu veux t'y compter combien qu'elle a de dents, ma vieille?

Du fait que c'était ce Tappei, toujours silencieux, qui était assis là, serrant les lèvres, c'était formidablement menaçant; le patron de la Maison qu'y pleut perdit tout à fait la tête.

— Ah, voyons, j'avais point une intention comme ça... J'faisais qu'imiter ce qu'a chanté ton Kesa-yan... Ça m'ennuierait qu'y se dise une pareille chose...

C'était la première fois que Tappei

apprenait que c'est Kesakichi qui avait lancé cette chanson. En entendant une pareille chose, le « J'crois que Bonne-Maman a trente-trois dents » de Kesakichi, qui l'avait toujours englué d'une sensation désagréable, lui apparut, du coup, dans toute sa signification. Même Kesakichi n'avait pas osé chanter ainsi devant Tappei ou O Rin.

Tappei bondit sans mot dire hors de la Maison qu'y pleut. Tenant à la main un rondin qu'il avait trouvé par terre au bord du chemin, il chercha partout : « Ce drôle de Kesakichi, où aura-t-y bien pu se fourrer ? »

Kesakichi était en train de chanter avec quatre ou cinq enfants à côté de la Maison de d'vant l'étang.

C'est la fête de la montagne une fois dans l'an
Serre-tête noué [1] mangeons du riz

1. Les ouvriers et les paysans japonais portent souvent, dans le travail, une serviette nouée en torsade

Le bouquet de cryptomères poussait comme une haie, on ne pouvait rien distinguer, mais, comme la voix de Kesakichi était dans le nombre, Tappei comprit aussitôt.

Brandissant son rondin :

— Kesa! Les dents de Bonne-Maman, c'est-y des dents de diable? Oh, toi... après avoir été gâté et élevé comme tu l'as été par Bonne-Maman... oh, toi, toi...

Tappei bondit et fit retomber le rondin. Mais Kesakichi s'étant brusquement détourné, celui-ci alla donner à côté sur une pierre. Comme Tappei y avait mis trop de force, sa main se trouva engourdie jusqu'à en avoir mal.

Kesakichi, qui s'était enfui un peu plus loin, le regardait d'un air plein de sang-froid.

---

autour de la tête. L'acte de nouer son serre-tête indique donc, comme, chez nous, celui de relever ses manches, la préparation à l'effort.

Tappei se tourna vers lui :

— Imbécile! J'te donnerai point à bouffer! lui cria-t-il en colère.

Dans le village, des paroles telles que « J'te donnerai point à bouffer! » ou « Ne bouffe pas! » étaient beaucoup utilisées. Il y avait vraiment une punition qui consistait à interdire de manger, mais c'était aussi des paroles dont on se servait comme d'injures.

L'heure du repas du soir arriva. Quand tout le monde fut assis autour de la table, Kesakichi fit son entrée et vint s'asseoir à la table avec les autres. Comme il jetait un coup d'œil sur Tappei, aucune trace de la colère de tout à l'heure ne subsistait plus; il offrait l'expression d'un visage tout au plus déprimé.

Pour ce qui est de Tappei, vraiment, cela lui déplaisait de toucher devant O Rin à cette question de la chanson des dents de diable. Qu'il existât une pareille chanson, il voulait empêcher qu'au moins O Rin elle-même le sût. En son for intérieur, il faisait des vœux pour que Kesakichi ne se mît pas à parler de l'affaire de tout à l'heure.

Kesakichi, pour sa part, intérieurement :

« A propos de cette histoire de chanson des dents de diable, s'être mis dans une colère comme ça ! Comment ça se fait qu'il est entré en fureur à un pareil degré? Ça lui déplaît-y donc tant qu'ça? Eh bien, la prochaine fois qu'y aura quéqu'chose, je la lui chanterai, et pas qu'une fois! »

L'audace lui vint. Rien qu'à cette pensée, il lui monta de l'énergie. Son père devait sous peu prendre une seconde femme, et il faut savoir que Kesakichi était opposé à fond au projet. Sur ces entrefaites, tout le monde se servit de nourriture et l'on commença à manger. « Nourriture » est une façon de parler : comme il s'agissait de boulettes de maïs et de légumes baignant dans du liquide, plus qu'on ne mangeait, on suçotait.

O Rin était en train de réfléchir à tout autre chose.

— La bru qui va venir du village d'en face, c'est un peu tôt, mais, pour la fête, c'est bien possible qu'elle vienne.

O Rin en avait le pressentiment. Elle avait pensé que, peut-être, l'autre allait venir aujourd'hui, mais elle n'était pas venue. Aussi, c'était bien possible qu'elle vînt le lendemain, O Rin songea qu'il fallait le faire savoir d'avance à tout le monde.

— D'main, ça se pourrait bien que la maman, é vienne du village d'en face, déclara-t-elle à ses petits-fils en manière d'annonce, comme pour leur faire savoir une joyeuse nouvelle.

Tappei :

— Il s'est pas encore passé un mois,

mais si é v'nait tôt, pour Bonne-Maman aussi, ça serait bien facilité pour la préparation du repas, j'crois.

Sa joie faisait écho à celle d'O Rin. Alors, Kesakichi :

— Attendez un peu, dit-il en levant la main. Avec un air de vouloir réprimer l'éloquence de Tappei, il se tourna vers O Rin.

— On peut très bien se passer que la maman vienne du village d'en face, vociféra-t-il. Puis, se tournant vers Tappei :

— Comme moi, je vais me marier, t'as pas besoin d'un chaudron de rechange! dit-il d'un air provocant. Et, de nouveau, s'adressant à O Rin :

— Pour ce qui est du repas, si ça te dérange de t'en occuper, on le fera faire par ma femme. Alors, t'as qu'à t'taire!

O Rin fut stupéfaite. Elle jeta en pleine figure à Kesakichi les deux baguettes qu'elle tenait à la main.

— Imbécile! Ne bouffe pas! gronda-t-elle. Alors, le petit-fils qui allait avoir treize ans, comme pour soutenir O Rin :

— C'est qu'Kesa-yan va s'marier avec la Matsu-yan de d'vant l'étang.

Il avait fait cette révélation devant tout le monde dans l'intention de couvrir Kesakichi de confusion. Que Kesakichi fût en bons termes avec la Matsu-yan de d'vant l'étang, le cadet le savait.

Kesakichi donna au cadet une gifle en pleine figure.

— Idiot, veux-tu la fermer? dit-il avec colère, et il lui lança un regard farouche.

Tappei aussi fut stupéfait. Mais il fut incapable de dire quoi que ce soit. La question d'une femme pour Kesakichi ne s'était même jamais posée pour lui. Au village, on se mariait tard et c'était au point qu'on n'avait jamais vu personne prendre femme avant l'âge de vingt ans. En outre, en présence de cette opposition intrépide de Kesakichi, il était complètement écrasé.

Il est dit dans la chanson :

Même passés trente ans c'est point trop tard
S'il en vient une en plus ça revient au double

Ce couplet était une chanson qui recommandait les mariages tardifs. L'expression « ça revient au double » signifiait qu'il y aurait en moins une quantité de nourriture égale à la part de la nouvelle venue. C'est pourquoi ni Tappei ni O Rin n'avaient, même en rêve, pensé au problème d'une femme pour Kesakichi.

Il y avait un endroit où le mince filet d'eau qui coulait dans le village, s'accumulait en une manière d'étang. On appelait la maison qui était située devant celui-ci « le d'vant de l'étang ». O Rin, elle aussi, connaissait bien la fille de cette maison, dénommée Matsu-yan. O

Rin s'était mise une fois en colère comme ça contre Kesakichi, mais, à l'idée que ce n'était là, de sa part, que l'effet d'un défaut de jugeote de vieille qui comprend mal les choses, son énergie tomba. Elle venait de découvrir que cette Matsu-yan était déjà tout à fait une femme et que Kesakichi était en train de devenir un adulte. Étant donné cette façon de parler trop brusque qui avait été employée, elle avait été saisie et elle s'était mise en colère, mais voici qu'elle venait pour la première fois de songer qu'elle était sans excuses de ne pas avoir pris plus tôt une vision nette des choses.

Quant à Kesakichi, il s'était levé de table et il était parti je ne sais où.

Le lendemain était le jour de la fête. Les enfants, après s'être bien rempli le ventre de Messire le *hagi* blanc, étaient partis pour le lieu de la fête.

Il y avait au centre du village une aire de terrain plat : c'était là le lieu de fête.

Il s'agissait d'une fête de nuit, mais les enfants s'assemblaient depuis le matin. Sur le lieu de fête, on dansait la danse du *Bon*. En fait de danse, cela consistait simplement à former une ronde et à marcher, tout en frappant l'une contre l'autre des cuillers de bois qu'on tenait dans les deux mains. Plutôt que danser, c'était marcher en rond en chantant. Tappei étant allé, lui aussi, en visite quelque part, O Rin se trouvait seule à la maison.

Aux environs de midi, O Rin s'aperçut qu'il y avait sur la souche de devant la maison une femme assise, qui regardait de l'autre côté. Elle avait posé à côté d'elle son sac de voyage gonflé et elle avait l'air d'attendre quelqu'un.

O Rin se demanda dès le début si la femme qui était là n'était pas la bru qui devait venir du village d'en face. « Mais, si c'était le cas, elle aurait l'air de vouloir entrer dans la maison », se disait O Rin, qui n'arrivait pas à être tout à fait sûre que ce fût la bru. Cette femme semblait être en train de se reposer, de façon telle qu'on aurait pu la prendre aussi bien pour une visiteuse, venue du village d'en face voir quelque famille à l'occasion de la fête. Mais, vu son sac de voyage gonflé, quand même, ce n'était pas une visiteuse ordinaire. O Rin, intriguée, n'en pouvant plus, sortit.

— D'où que vous êtes donc? Seriez-vous point venue pour la fête?

La femme, avec une façon de demander familière :

— La Maison de Tappei-yan est-ce que ce serait point ici?

« Il n'y a pas de doute, c'est bien la bru », pensa O Rin.

— Vous, vous êtes-t-y point venue du village d'en face? Vous seriez-t-y point Tama-yan?

— Hé oui, c'est ça même! Chez nous

aussi, c'est la fête, mais du moment que je viens ici, faut arriver pour la fête, que tout le monde a dit. Aussi, je suis venue aujourd'hui.

O Rin, tout en tirant Tama-yan par la manche :

— Hé, c'est-y vrai! Allons, allons, n'entrez-vous pas?

O Rin, comme transportée au ciel, courut partout, apporta la table et étala les plats du bon repas de fête.

— Allons, mangez! Maintenant, je vais aller chercher Tappei.

A ces mots, Tama-yan :

— Plutôt que d'manger le bon repas à la maison, c'est mieux d'manger quand je serai arrivée ici, que tout le monde a dit. Aussi, ce matin, je suis venue avant mon déjeuner.

— Allons, allons, mangez donc. Y a point besoin de faire des manières.

Même que Tama-yan n'aurait point dit ça, comme O Rin avait pensé qu'elle viendrait peut-être hier, ça n'aurait rien fait qu'elle dise qu'elle avait mangé son déjeuner avant de venir. Ici, même qu'elle aurait eu mangé avant, O Rin lui aurait tout de suite servi le repas.

Tama-yan, tout en mangeant, commença à parler :

— Vu que la Bonne-Maman est quelqu'un de gentil, vas-y vite, vas-y vite, que tout le monde a dit...

O Rin regardait avec un air heureux Tama-yan qui mangeait avec un air d'apprécier.

— Celui qu'est venu l'autre jour, c'est mon frère. La Bonne-Maman est quelqu'un de gentil, qu'il a dit. C'est pourquoi, moi aussi, je veux y aller vite, j'ai pensé.

O Rin se glissa jusqu'à côté de Tama-yan. « Cette bru-là est bien honnête. C'est point des belles paroles », se dit-elle.

— Vous auriez dû venir plus tôt.
J'avais pensé que vous seriez là hier.

Ce disant, elle s'avança encore, mais
elle s'avisa qu'en allant trop près, ses
robustes dents allaient se faire voir. Elle
porta la main à sa bouche et rentra le
menton.

— Comment ça se fait-y, que vous
attendiez sur la souche? Vous auriez
bien dû entrer dans la maison plus tôt.

Tama-yan, avec un sourire:

— C'est que je suis venue toute seule.
J'sais pas, mais j'étais un peu gênée...
Mon frère avait dit qu'y viendrait avec
moi, mais, depuis hier au soir, il est soûl,
avec le *doburoku* de la fête. Vu que la
Bonne-Maman est quelqu'un de gentil,
vas-y vite: depuis hier au soir, il a fait
que dire ça...

O Rin, à être louée de cette façon,
éprouvait de la joie comme si son corps
montait dans l'eau.

« Ah! c'est une bru meilleure que la

bru défunte, qui est venue! », pensa-t-elle :

— Si c'est ça, moi, j'aurais bien été vous chercher.

Tama-yan :

— Ç'aurait été bien si vous étiez venue. Si ç'avait été ça, moi je vous aurais ramenée en vous portant sur mon dos.

« Ainsi, se dit O Rin, cette fille aurait traversé la montagne en me portant sur son dos depuis le village d'en face! » O Rin n'était pas allée chercher Tama-yan; elle n'avait pas poussé le souci jusque-là. C'était au point qu'elle en éprouvait des remords. Même sans être portée par quelqu'un, elle aurait encore bien pu passer au moins une montagne, songea-t-elle, mais l'intention gentille de Tama-yan qui aurait aimé, à ce qu'elle disait, lui faire passer la montagne en la portant sur son dos, la rendait si heureuse qu'elle avait envie de tomber en

62

adoration devant la nouvelle venue. Il y avait une chose qu'O Rin voulait dire vite à Tama-yan. C'est que, sitôt l'année prochaine arrivée, elle irait au pèlerinage de Narayama. Quand le frère de celle-ci, le courrier, était venu, c'est ce dont elle avait parlé en tout premier lieu.

D'un coup d'œil jeté par hasard, elle s'aperçut que Tama-yan se massait en se passant la main dans le dos.

Quelque chose qu'elle avait mangé avait dû se mettre en travers de sa gorge. O Rin alla derrière Tama-yan et la massa.

— Mangez donc sans vous presser !

Était-ce bien ou non de dire cela ? Elle hésita, en se demandant si elle ne serait pas prise pour une avare au cas où elle le dirait. Elle réfléchit que si, sans rien dire, elle partait à la recherche de Tappei, Tama-yan, ensuite, mangerait seule sans se presser. Tout en massant le dos de Tama-yan, elle déclara :

— Quant à moi, c'est qu'une fois arrivé le nouvel an, j'irai tout de suite à la montagne.

Ce disant, elle arrêta de masser. Tama-yan demeura un instant silencieuse, puis :

— Ah! Mon frère aussi, il a dit ça. Mais qu'elle y aille sans se presser, qu'il a dit.

— Allons donc! Si on y va tôt, on reçoit des louanges de Messire le dieu de la montagne.

Il y avait encore une chose dont O Rin voulait parler tout de suite à Tama-yan. Elle posa devant celle-ci une assiette qui se trouvait au milieu de la table. C'était une assiette remplie à pleins bords de truites bouillies. Elle avait songé qu'il fallait qu'elle parlât à propos de ces truites.

— Ces truites, eh bien, c'est moi qui les ai tout pêchées.

Séchée, la truite, qui est le roi des

poissons d'eau douce, est le poisson le plus précieux de la montagne. Tama-yan, avec un air de ne pas y croire :

— Héé? Bonne-Maman sait-elle prendre des truites?

— Hah! Tappei, et Kesakichi autant que lui, sont tout à fait maladroits pour ça. C'est que dans le village, y a personne qui peut en attraper autant que moi.

O Rin voulait, avant d'aller à la montagne, enseigner à Tama-yan le secret pour prendre des truites, qui était son seul petit talent particulier.

Elle laissa passer un éclair dans ses yeux :

— Moi, eh bien, je connais l'endroit où qu'y a des truites. C'est point une chose à dire à personne. Je vous apprendrai après. On y va la nuit et, là-bas, dans un trou, si on passe la main, c'est sûr qu'on en ramène. C'est point une chose à dire à personne.

O Rin avançait l'assiette de truites comme pour les mettre sous le nez de Tama-yan :

— De simples choses comme ça, vous pouvez tout manger. Allons, mangez-en! C'est qu'y en a encore largement des séchées.

Là-dessus, se levant :

— Je m'en vais chercher Tappei, continuez donc à manger!

Elle dit, et sortit par l'issue de derrière. Puis elle entra dans la réserve. Tout à la joie d'avoir été appelée gentille, O Rin fit appel au plus grand courage et à la plus grande force de sa vie. Fermant les yeux, elle donna des dents *gaan!* sur le coin du mortier de pierre.

Sa bouche s'insensibilisa au point de la croire envolée. Sur ce, comme si l'intérieur de sa bouche était devenu chaud, un goût douceâtre lui vint. Elle eut l'impression que des dents lui rou-

laient dans la bouche en grand nombre.
Elle comprima de sa main le sang qui
coulait de sa mâchoire et s'en alla vers le
ru, où elle se rinça. Deux dents brisées
lui sortirent de la bouche.

— Comment ça? Rien que deux?

Elle fut bien désappointée, mais,
comme il lui était tombé deux dents
contiguës de devant en haut et que, de ce
fait, l'intérieur de sa bouche était devenu
comme un vide, elle pensa qu'elle avait
bien réussi son affaire. Au même
moment, Kesakichi, complètement ivre
de *doburoku* de Messire le *hagi* blanc,
chantait au lieu de la fête la chanson des
dents de diable. O Rin, quant à elle, il
lui manquait des dents, mais, en même
temps, quelque part dans sa bouche, il
s'était fait une blessure. Avec un goût
douceâtre, le sang, à l'intérieur de sa
bouche, affluait à gros bouillons.

— Que ça s'arrête! Que ça s'arrête!
voulut-elle, et elle puisa avec sa main de

l'eau de la rivière avec laquelle elle se lava la bouche. Mais le sang était loin de s'arrêter. Toutefois, elle se sentait heureuse, comme d'une affaire bien menée, de s'être cassé deux dents de devant. Elle n'avait cessé de se frapper avec la pierre à feu : c'est pour ça, il n'y a pas de doute, que ça s'est cassé aussi bien. « Taper dessus avec la pierre à feu n'a pas été peine perdue », se dit-elle. A force de boire et de recracher de l'eau, presque en plongeant sa figure dans la rivière, le sang finit par s'arrêter. L'intérieur de la bouche lui cuisait seulement un peu et, de cela, elle ne se souciait guère. Prise de l'envie de faire voir à Tama-yan le mauvais état de sa rangée de dents, elle s'en retourna à la Maison. Tama-yan était encore en train de manger. O Rin, s'asseyant devant Tama-yan :

— Vous pressez pas! Mangez votre soûl! Je m'en vais aller chercher Tappei tout de suite.

Puis :

— Pour moi, c'est l'année d'aller à la montagne. C'est que j'ai les dents abîmées...

O Rin avança la mâchoire en mordant avec ses dents du haut sa lèvre inférieure, comme pour ne montrer que le haut. « Avec ça, pensa-t-elle, absolument tout est réglé », c'était au point qu'elle en aurait sauté en l'air.

Elle se dit qu'en allant chercher Tappei, chemin faisant, elle ferait voir la chose aux gens du village et, sortant de la Maison, elle se dirigea vers le lieu de la fête. Elle marcha avec la certitude qu'elle pouvait désormais porter haut les épaules.

Au lieu de la fête, Kesakichi dirigeant la musique, on chantait la chanson des dents de diable, quand O Rin y apparut, bouche ouverte. Cependant, le sang, qui s'était arrêté un moment, avait recommencé à lui couler. O Rin n'avait pas prêté attention au chant. Dire qu'elle cherchait Tappei était un prétexte tout trouvé pour montrer sa rangée de dents. Comme elle ne pensait qu'à cela, elle n'accordait aucune attention au chant.

Grandes personnes comme enfants, les gens rassemblés au lieu de la fête, en voyant la bouche d'O Rin, poussaient un cri *ah!* et s'enfuyaient. O Rin, en voyant leur figure à tous, se gardait bien de fermer sa bouche ouverte. Elle ne se contentait pas de montrer ses dents du haut, en comprimant avec celles-ci sa lèvre inférieure; elle avançait le menton comme pour dire : « Regardez! » et, du fait qu'en outre, le sang lui coulait, cela lui faisait en fin de compte un visage terrifiant. Pour sa part, elle ne comprenait pas pourquoi tout le monde s'enfuyait à sa vue :

— Hé! hé! hé! hé

Elle avait l'intention de rire gracieusement.

70

O Rin, en se supprimant des dents, avait abouti à un résultat contraire à celui qu'elle avait prévu. Même la fête terminée, elle resta un personnage de fable.

— La vieille diablesse de la Souche, disait-on d'elle derrière son dos et, à force, elle en vint à passer aux yeux des petits-enfants pour être une vieille diablesse réellement :

— Si é te mordait, é te lâcherait point !

— Tu serais dévoré !

Voilà ce qu'on finissait par dire. A un enfant qui pleure : « Je m'en vais te mener chez l'O Rin-yan ! » disait-on. On se servait d'elle pour faire arrêter les pleurs. Il y avait eu aussi des enfants qui, en rencontrant O Rin sur le chemin le soir, « *Hah !* » s'étaient enfuis en criant. O Rin finit par connaître la fameuse chanson. Elle sut parfaitement qu'on disait d'elle qu'elle était une vieille diablesse.

La fête de Narayama passée, les feuilles des arbres, aussitôt, dansèrent au vent. Quand il faisait froid, il y eut des jours pareils à l'hiver. Quoique la bru fût désormais là, Tappei restait invariablement distrait.

Un mois ne s'était pas encore écoulé depuis l'arrivée de Tama-yan, que la famille s'augmenta d'une autre femme. Ce jour-là, la Matsu-yan de d'vant l'étang s'était assise sur la souche; au moment du repas de midi, elle s'était installée à la table d'O Rin et des siens, et elle y avait mangé. La manière de manger de Matsu-yan respirait vraiment le contentement; empreinte d'une expression semblant dire que c'était là le paradis sur la terre, elle prenait à manger la plus grande joie qui soit. Et elle mangeait beaucoup. Assise à côté de

Kesakichi, elle mangeait en silence. Lors du souper, encore, tous les deux s'assirent côte à côte. Lors du souper, Matsu-yan piquait les joues de Kesakichi avec ses baguettes, les deux folâtraient. Ni O Rin ni le couple Tappei n'en éprouvaient un désagrément particulier. O Rin n'avait pas pensé que Kesakichi fût désormais un adulte à ce point et elle ne pouvait se retenir d'en être confuse. Quand vint la nuit, Matsu-yan se glissa sous l'édredon de Kesakichi. O Rin, lors du repas de midi, avait observé que les contours du ventre de Matsu-yan n'étaient pas normaux. Elle avait clairement vu que la chose remontait à plus de cinq mois : serait-ce pour le nouvel an ? Et, même si ça venait en avance, il n'était pas impossible que ce fût dans cette année. O Rin se rongea le sang toute seule : c'est que si Matsu-yan mettait cet enfant au monde, O Rin allait voir le souriceau.

Le lendemain, Matsu-yan, après avoir mangé le déjeuner du matin, demeura assise sur la souche. Elle ne rentra dans la maison qu'au moment du repas de midi et, quand elle eut fini de manger, elle retourna s'asseoir sur la souche. Quand le soir fut proche, Tama-yan lui commanda :

— Matsu-yan, allume le feu dans le fourneau !

Matsu-yan étant très inhabile à faire flamber le feu, la Maison fut brusquement remplie de fumée. C'était tel que la plus petite des enfants, mal à l'aise à cause de la fumée, se mit à pleurer. La fumée remplit tout, au point que Tama-yan et O Rin se précipitèrent l'une et l'autre en direction de la souche et que jusqu'à Matsu-yan elle-même, qui faisait le feu, sortit en se frottant les yeux.

Tama-yan :

— Pour une certaine chose, seulement, elle est adulte. Mais pour ce qui est d'allumer le feu, c'est qu'une moitié de travailleuse!

Ce disant, elle rit. O Rin, surmontant la gêne physique, se rendit au fourneau et éteignit le feu en l'arrosant d'eau. Puis, elle le ralluma et il commença à très bien flamber. Jetant dehors les branches qui restaient, non brûlées, du feu de Matsu-yan, qu'elle avait arrosées d'eau, O Rin dit :

— Pourquoi donc y as-tu mis de pareilles choses, des bûches de *keyaki*[1] comme ça? Matsu-yan, y faut point mettre dans le feu des choses comme ça. C'est si vrai qu'on dit que si on brûle du *keyaki*, on aura mal aux yeux durant trois ans.

Puis, à voix basse, elle gronda :
— Moi, à mon âge, ça fait rien si mes

1. Il a déjà été question de cet arbre, qui est apparenté à l'orme, dans les premières lignes du récit.

yeux s'abîment, mais, vous autres, si vous avez mal aux yeux, ça sera bien ennuyeux, je crois.

Tama-yan dit :

— Puisque Matsu-yan sait point allumer le feu, qu'au moins elle s'occupe de garder la petite !

Et elle lui fit prendre sur le dos la plus jeune enfant. L'enfant, incommodée par la fumée, pleurait. Matsu-yan prit la petite, mais, ballottant rudement les épaules, elle se mit à chanter :

Six racines, six racines, ô six racines [1]

1. Ces *six racines* sont, dans le vocabulaire bouddhique, les six organes des sens : œil, oreille, nez, langue, corps et esprit. On trouvera, quelques lignes plus loin, une allusion à l'exhortation bien connue : « Purifions les six racines », qui veut dire : « Délivrons-nous des illusions où les sens nous entretiennent. » Les pèlerins japonais, le long des pentes qui les mènent vers quelque sanctuaire de montagne, scandent souvent cette phrase, qui exprime bien le sentiment que leur donne l'effort et dont le rythme cadencé épouse celui de leur marche. La traduction nous contraint malheu-

O Rin et Tama-yan restèrent frappées de stupeur. C'est qu'on ne chantait cette chanson qu'en des occasions spéciales. On la chantait lorsqu'on accompagnait au pèlerinage de Narayama ou bien lorsqu'on gardait un enfant. Mais lorsque, gardant un enfant, on chantait : « Six racines, six racines », c'était ce qu'on appelait le *ballottement du sourd* ou le *ballottement du diable*.

> *Six racines, six racines, ô six racines*
> *Garder l'enfant semble facile et ne l'est point*
> *Sur les épaules c'est lourd et sur le dos ça crie*
> *Ah! Six racines, six racines, ô six racines*

se mit à chanter Matsu-yan. Chaque fois qu'on prononce le mot *six racines*, on fait ballotter ses épaules et l'on s'efforce avec ce rude ballottement de faire taire la voix

---

reusement à rendre par des sonorités sifflantes la lourde harmonie gutturale de l'original, *rokkon rokkon rokkon na* et *rokkon shôjô rokkon shôjô*.

qui crie. On s'accompagne d'une voix encore plus forte que la voix qui crie, si bien qu'on arrive à couvrir cette voix. Pour ce qui est de la façon de ballotter, du fait qu'on ballotte rudement afin que l'enfant qui est dans le dos ne puisse pas ouvrir la bouche, plutôt que de ballotter, c'est une manière de brutaliser. On ballotte de l'épaule droite à l'épaule gauche de façon à donner des chocs, *vlan, vlan!* Quant à ceux auxquels on faisait ce ballottement du sourd à l'heure d'aller au pèlerinage de Narayama, comme il y avait des gens — gens au caractère insuffisamment formé ou gens accablés par les effets de mauvaises causes [1] — qui criaient en refusant d'avancer, celui qui les accompagnait chantait cette chanson. Comme Matsuyan ne savait point, elle chantait seulement : « Six racines, six racines »,

1. Voir la note de la page 42.

mais, en réalité, on reprend à deux fois :
« *Purifions les six racines* » en guise de
refrain à la suite du chant. Le sens en est
qu'en purifiant son corps et son esprit,
on élimine les vieilles mauvaises causes
et leurs fruits. La chanson de la danse du
Bon et la chanson du ballottement du
sourd, à l'origine, différaient par l'air
autant que par les paroles, mais, en fait,
on les chantait aussi bien sur le même
air. L'une et l'autre étaient des chansons
de Narayama.

Comme Matsu-yan chantait tout en la
ballottant, l'enfant qui était dans son dos
se mit à crier avec une véhémence de
plus en plus grande, comme si le feu se
fût pris à elle. Matsu-yan, en la ballottant encore plus rudement, entonna la
chanson suivante :

Six racines, six racines, ô six racines
  Brais sale gosse idiote j'te donnerai quéqu' chose
    de bon

« Brais! », c'est-à-dire « crie! », cela signifie : « Qu'elle crie tant qu'elle voudra, je lui donnerai quelque chose de bon, à cette enfant idiote. » Mais, dans le ballottement du sourd, l'expression « donner quelque chose de bon » a le sens de : pincer l'enfant qui est dans le dos. C'est une chanson qui dit : Tu peux pleurer autant que tu le veux, ça ne me dérange pas. Comme j'ai les oreilles gelées, je n'entends point.

O Rin, parvenue à cet âge-là, n'avait pas encore une seule fois, en portant un enfant sur son dos, chanté le ballottement du sourd. Matsu-yan, elle, était dans la maison depuis hier, mais c'était une femme dépourvue d'humanité au point qu'aujourd'hui, elle avait déjà chanté une pareille chanson, O Rin le

comprit. Elle et Tama-yan en demeu-
rèrent abasourdies.

L'enfant qui était dans le dos de
Matsu-yan hurlait de plus en plus. Ne
pouvant endurer ce spectacle, Tama-yan
courut et la prit dans ses bras, mais,
comme si le feu eût été après elle,
l'enfant n'arrêta pas de crier. « Et si...? »,
se demanda Tama-yan. Elle vint jusque
devant O Rin avec l'enfant dans les bras ;
elles la dévêtirent et elles examinèrent son
derrière. Sur le derrière, il y avait des
traces de pinçons en quatre endroits, qui
formaient comme des taches bleues. O
Rin et Tama-yan se regardèrent avec
stupéfaction.

Depuis que Matsu-yan était venue,
Kesakichi était devenu plus tranquille, il
n'avait rien dit de malhonnête à O Rin.
Ce qu'il lui dit ce jour-là fut tout autre
chose.

— Bonne-Maman, quand vas-tu aller

à la montagne ? demanda-t-il au moment du repas.

— Sitôt l'an prochain arrivé, j'irai.

Comme il reposait plusieurs fois cette question, O Rin finit par prendre un sourire amer.

Kesakichi, d'un ton rapide :

— Le plus tôt sera le mieux, le plus tôt...

Cette fois-ci, Tama-yan :

— Le plus tard sera le mieux, le plus tard...

Elle se roulait les côtes de rire en contrefaisant la façon de dire de Kesakichi. De vrai, la manière dont avait parlé Tama-yan était très comique, car elle avait parlé aussitôt après Kesakichi et sur le même ton rapide. Aussi, O Rin se mit à rire avec elle.

Comme la famille s'était augmentée de deux femmes, la robuste travailleuse qu'était O Rin finissait par ne plus savoir que faire de ses mains ; elle éprouvait dans son inoccupation le sentiment d'un manque et jusqu'à de la mélancolie. Il y avait des moments où Matsu-yan elle-même servait à quelque chose ; il y avait des moments où O Rin, dans ses loisirs, se sentait ennuyée. Mais, pour O Rin, il y avait toujours cet objectif : aller au pèlerinage de Narayama. Il n'y avait de dessinées dans son cœur que les choses de ce jour-là. Elle pensait : Ils m'ont traitée de vieille diablesse, mais, quand ce sera l'heure d'aller à la montagne, entre moi et le Mata-yan de la Maison au sou, il y aura une différence ! Quand j'irai à la montagne, moi, il y aura un banquet aussi fourni qu'au moment de la fête. Mes précautions sont déjà prises, à part, pour que tout le monde à la Maison puisse manger de tout son soûl Messire le *hagi* blanc, des champignons et des truites séchées... Et le *doburoku* de Messire le *hagi* blanc à présenter aux gens du village, aussi, elle l'avait fait, — en l'allongeant quelque peu, il est vrai —, et il n'y en avait pas loin d'un *to*[1] de préparé. Personne, sans doute, maintenant, ne s'en doutait... Le lendemain du jour où je serai allée à la montagne, moi, tout le monde dans la maison, à coup sûr, sautera sur la nourriture et se régalera. A ce moment-là, on sera étonné et on dira : « Bonne-Maman, tant que cela !... » Durant ce temps, moi, étant allé à la montagne, je me tiendrai assise sur une natte neuve dans des dispositions d'esprit pures.

O Rin ne pensait plus qu'au pèlerinage de Narayama.

Le lendemain d'un jour où un vent fort avait soufflé toute la journée et tourbillonné d'un bout à l'autre de la

1. Le *to* est une mesure de capacité qui équivaut à dix-huit litres.

nuit, à l'aube, il s'éleva, soudain, une voix poussant ce cri étrange :

— Amende honorable à Messire Narayama!

A ce cri, les gens du village de commencer à faire ici et là du chahut. O Rin, en entendant la voix, se glissa promptement hors de l'édredon et, comme dans une culbute, sortit devant la maison. Toute vieille qu'elle fût, elle saisit un bâton. Par le côté, Tama-yan, portant la plus jeune enfant ficelée sur son dos n'importe comment, sortit. Il ne s'écoula guère de temps qu'elle n'eût saisi un bâton.

O Rin de crier :

— Où c'est?

Tama-yan, comme si elle n'avait pas eu le temps de dire quoi que ce soit, pâlit sans répondre et se mit à courir. Tout le monde dans la maison avait déjà bondi au-dehors.

Le voleur était le patron de la Maison

qu'y pleut. Il s'était introduit secrète-
ment dans la maison voisine, le Pin
calciné, et comme il commençait à y
voler des sacs de pois, il avait reçu une
raclée de la part des gens du Pin calciné.

Voler de la nourriture, c'était, dans le
village, le fait de l'homme le plus infâme.
Celui-ci doit subir ce qu'on appelle
« l'amende honorable à Messire Narayama » qui est la sanction la plus
lourde qui soit. C'est une sanction qui
consiste à prendre de force la nourriture
de la maison du coupable et à la partager
entre tout le monde. S'ils omettent de
faire sans faute leurs préparatifs de
bagarre et de courir, ceux qui s'en vont
chercher une part ne pourront rien
recevoir. Comme, au cas où le voleur fait
de la résistance, il arrive qu'on doive se
battre, on se précipite le plus tôt possible. Du fait qu'on se précipite le plus
tôt possible, on va nécessairement pieds
nus. L'homme qui irait chaussé serait,

lui aussi, l'objet d'une raclée, si bien que même pour ceux qui font la galopade, il s'agit d'une lutte éperdue. C'est que jusqu'à quel point la confiscation de la nourriture est une grande affaire, est imprimé dans les nerfs de chacun.

Le patron de la Maison qu'y pleut était épuisé au point que ses jambes ni ses reins ne pouvaient plus bouger. Il avait été attrapé dans la Maison du Pin calciné, mais il avait été transporté jusqu'au lieu de la fête sur les épaules des gens. Les autres membres de la famille de la Maison qu'y pleut étaient obligés de rester assis près de lui. Ils ne faisaient que gémir bruyamment et ne pouvaient même pas se demander ce qu'ils allaient faire. Là-dessus, eut lieu ce qu'on appelle « la fouille de la maison ». Des hommes vigoureux saccagèrent l'intérieur de la Maison qu'y pleut et jetèrent au-dehors, devant la façade, tout ce qu'elle contenait en fait de comestibles.

A la vue de ce qui était jeté au-dehors, tout le monde ouvrit des yeux ronds d'étonnement. Des patates sortaient sans discontinuer de la véranda et il finit par y en avoir un monticule d'à peu près un *tsubo*[1] de surface. Il n'y avait aucune raison pour qu'à la Maison qu'y pleut, ils eussent récolté des patates autant que cela. Pour faire des patates, il faut enterrer des patates à germer. Les patates à germer étant des choses qu'on peut manger, une fois l'hiver fini, il n'en reste, dans quelque maison que ce soit, que bien peu. C'est au point que, pour finir l'hiver, dans quelque maison que ce soit, on n'en a jamais assez. En outre, jusqu'à quel point, dans chaque maison, on avait fait des patates, les gens du village le savaient tous, et il était à présumer qu'à la Maison qu'y pleut, on

1. Le *tsubo* est une mesure de surface qui équivaut à un peu plus de trois mètres carrés.

n'en avait pas récolté le dixième de cela. Ce monticule de patates, il était bien probable que ce n'étaient que des patates appartenant à des familles de tout le village, qu'on avait arrachées alors qu'elles étaient dans les champs.

A la Maison qu'y pleut, cela faisait deux générations de suite qu'il y avait eu l'amende honorable à Messire Narayama. Lors de la génération précédente, on avait dit qu'ils avaient passé un hiver en se nourrissant de racines sauvages déterrées, mais, pour avoir aussi bien passé l'hiver, il était à présumer qu'ils avaient de la nourriture cachée quelque part, quelque part dans la montagne, avait-on dit en ce temps-là.

— A la Maison qu'y pleut, y sont une lignée, y sont une lignée de voleurs et, si on n'extermine pas jusqu'à la racine tous les vauriens de cette famille, on ne pourra point dormir tranquille, même la nuit! se chuchotait-on.

La famille de la Maison qu'y pleut comprenait douze membres.

Ce jour-là, de la journée, personne n'avait touché au travail. Les gens de tout le village étaient excités et ne pouvaient arriver à se tenir tranquilles.

Chez O Rin aussi, tout le monde avait l'esprit absent. Tappei, les jambes allongées, se tenait la tête dans les mains. Il se disait :

« Cet hiver, ici aussi, est-ce qu'on pourra s'en tirer? »

L'histoire de la Maison qu'y pleut n'était pas seulement une histoire d'autrui. Chez Tappei également, on se trouvait dans une nécessité aiguë. L'incident de la Maison qu'y pleut lui avait mis clairement le fait sous les yeux. La nourriture n'était pas en suffisance et, quoi qu'il en fût, on ne pouvait pas voler. A la Maison qu'y pleut, ils étaient douze ; chez Tappei, huit. Mais les gros mangeurs étant nombreux, la gêne était la même qu'à la Maison qu'y pleut.

O Rin était assise à côté de Tappei. Il n'y avait pas de doute, l'hiver était un sujet d'inquiétude. La souffrance du passage de l'hiver était chose de chaque année, mais, cette année-ci, outre que le nombre des gens de la famille s'était accru, les enfants avaient grandi. C'est pourquoi, ce serait plus dur de s'en sortir que les hivers ordinaires, songeait-elle. Et puis Matsu-yan était particulièrement terrible. O Rin disait à propos de Matsu-yan :

— C'est point pour être la femme à Kesakichi qu'elle est venue. Vu la façon dont é mange, é m'a bien plutôt l'air d'être venue ici chassée par sa famille.

O Rin sentait que la vérité n'était pas différente. Matsu-yan n'était qu'une femme, mais la quantité de nourriture qu'elle consommait était considérable.

Qui plus est, elle ne semblait avoir dans l'esprit aucune inquiétude au sujet des aliments. Un jour qu'on cuisait des pois, Matsu-yan avait déclaré :

— Les pois, si on en mange quand ça cuit, on dit que plus qu'on en mange et plus qu'y en a!

Ce disant, elle s'était mise à manger tout, à vive allure. A ce moment-là, O Rin et Tama-yan de se faire un mauvais sang terrible. Mais qu'importait à Matsu-yan? Ce qu'elle avait voulu dire était : « Cuisons-les en y rajoutant une bonne quantité d'eau. » Alors, Tappei à son tour :

— Matsu-yan, si plus qu'on en mange et plus qu'y en a, si t'en manges point, je crois qu'y en aura bientôt plus du tout.

Malgré ce sarcasme, Matsu-yan avait paru ne rien comprendre :

— Eh...! C'est-y vrai...? avait-elle dit d'un air de sincérité.

Tappei :

— Kesakichi! Flanque une gifle à Matsu-yan!

A ces mots, Matsu-yan avait arrêté de manger les pois.

Tappei, ainsi qu'O Rin, pensaient à l'hiver et Tama-yan pensait à la même chose.

« Dans notre maison, la façon de manger est bien sauvage! Si, pour arriver à manger, on fait point quelque chose, même ce serait que d'établir des rations... »

Kesakichi dit :

— Aujourd'hui, on a fait un grand travail!

Il parlait d'un air plein de suffisance.

C'était vrai que la besogne du matin avait été une grosse affaire et, au moment du chahut, c'est lui qui, de tous les gens de la maison, s'était précipité le plus vite; en outre, comme il avait été au nombre des participants lors de la fouille de la maison, il était rentré avec plus qu'une bonne part des patates de la distribution.

Matsu-yan aussi était assise là. Avec son gros ventre penché en avant, elle ressemblait à une grenouille. Mais, aujourd'hui, elle avait une expression tendue.

Tama-yan, comme si elle se souvenait de quelque chose, alla à la réserve et revint avec le mortier de pierre dans les bras. Puis elle commença à écraser des pois. Dans un bruit de moulinet, ils se transformèrent en une farine jaune qui déborda bientôt du mortier. A cette vue, Kesakichi de se mettre à chanter :

Si tu manges des pois mets-les à rafraîchir
Papa est aveugle y n'y verra rien

« Mettre à rafraîchir » signifie : mettre à tremper dans l'eau froide. C'est une chanson qui dit que, quand on mange des pois, grillés ou tout crus, comme ça fait du bruit en craquant sous la dent, ça prévient les parents aveugles qu'on est en train d'en manger. C'est pourquoi on les met dans l'eau à ramollir avant de les manger; ainsi on peut en manger tout seul, clandestinement. Par « parents aveugles », on n'entend pas forcément des parents complètement aveugles; on veut dire qu'en profitant de ce que les vieillards ont la vue mauvaise, les jeunes gens, qui ont faim plus que les vieillards, mangent en plus, en cachette, de manière que les vieillards ne le sachent point.

Sur ces entrefaites, le fils de la Maison au sou entra en disant :

— C'est quelque chose de formidable!

En disant : c'est quelque chose de formidable, il voulait dire que quelqu'un avait fait une chose formidable, dégoûtante. Il était encore stupéfait de la chose incroyablement dégoûtante qu'avait faite le patron de la Maison qu'y pleut.

— Regardez-moi ça, ces patates, c'est rien que des nouvelles !

De toute évidence, les patates avaient été déterrées.

— Moi, celles que j'avais faites, vraiment, j'en ai point ramassé beaucoup, que je me disais : mais, c'est parce qu'elles ont été déterrées, parbleu ! Pour moi, il s'est point agi de recevoir quelque chose en partage ; c'est d'un rendu qu'il s'est agi. Et encore, cè qu'on m'a déterré faisait plus que ça !

Tappei pensait de même. Il pensait que dans quelque famille que ce fût, la quantité déterrée était plus grande que celle reçue en partage.

Le fils de la Maison au sou :

— Si on tire point vengeance de ça, je crois, eh bien, à la nuit, les vauriens de la Maison qu'y pleut viendront pour voler, c'est sûr. Si on fait point quelque chose tout de suite, faudra garder l'oreiller haut, on pourra plus dormir. Si, tout de suite, on les extermine point jusqu'à la racine...

Tappei :

— Même qu'on les exterminerait jusqu'à la racine, c'est qu'y sont douze...

A ces mots, Kesakichi de dire plaisamment :

— Imbéciles que vous êtes! On creuse un trou bien pépère et on les y enterre tous!

Tama-yan, arrêtant de tourner son mortier, en plaisantant, elle aussi :

— Pouah! Une telle tapée, où kc'est qu'on pourrait les enterrer?

Le fils de la Maison au sou :

— C'est point une affaire à rire! Dans toutes les maisons on a arrêté le travail et on pense à ça!

Comme, après avoir proféré ces mots, le fils de la Maison au sou franchissait le seuil avec un air exaspéré, il y eut des voix de corbeaux qui croassèrent, *kaa, kaa*...

— Tenez! à force de parler rien que de choses de ce genre-là, c'est au moins pour ça qu'y a ces croassements de corbeaux! dit O Rin. Alors, le fils de la Maison au sou, se retournant :

— Ça se pourrait bien qu'y ait un enterrement dans la soirée!

Sur ces paroles, il sortit. A la montagne de derrière, se trouvait le cimetière du village. Même dans un village qui manquait à ce point de nourriture, quand mourait quelqu'un de jeune, on faisait sur la tombe l'offrande d'un bol d'aliments. Les corbeaux avaient tôt fait de manger les aliments. C'est pourquoi on dit que les corbeaux se réjouissent quand il y a un enterrement. On dit encore qu'ils ont de mystérieux pressentiments grâce auxquels ils savent à l'avance qu'un enterrement aura lieu, et qu'ils croassent de joie en pareil cas : aussi leur croassement est-il tenu pour l'annonce d'un enterrement. Après que le fils de la Maison au sou s'en fut retourné, tout le monde se tut. Les gens du village semblant être d'humeur à tuer, il était bien possible qu'à partir de ce soir, les individus de la Maison qu'y pleut disparussent l'un après l'autre. A y penser, on se sentait un peu rétracté. Jusqu'au mortier de pierre que faisait tourner Tama-yan, qui émettait son bruit de moulinet d'une façon bizarre...

Tappei, allongé par terre, dit soudain :

— Bonne-Maman, l'année prochaine, tu vas à la montagne, hein?

O Rin, en l'entendant, poussa un soupir de soulagement. Tappei était enfin dans ces dispositions d'esprit-là! Elle se sentit rassurée.

Elle répondit aussitôt :

— Ma grand-mère, au village d'en face, est allée à la montagne. La belle-mère de cette maison-ci, elle aussi, est allée à la montagne. Moi, à mon tour, je dois!...

Tama-yan, arrêtant de tourner le mortier de pierre :

— C'est point du tout la peine. Quand le souriceau naîtra, moi, j'irai le jeter dans un ravin, à la montagne de derrière, et Bonne-Maman ne sera point chansonnée comme c'est arrivé à la Maison du *Kaya no ki*. Alors, faut pas se tourmenter!

Sur ce, Kesakichi, crânement :

— Imbéciles que vous êtes! c'est moi qui irai le jeter! Y a pas à s'encombrer de raisons!

Y a pas à s'encombrer de raisons, c'est-à-dire : ça n'est pas difficile.

Puis, se tournant vers Matsu-yan, il ajouta :

— Hein? On a dit que c'est moi qui irai le jeter!

Alors, Matsu-yan :

— Hah! Vraiment, je le lui demande!

Tout le monde dirigea les yeux en même temps sur le gros ventre de Matsu-yan.

Le mortier de pierre de Tama-yan émettait son bruit de moulinet. Il résonnait comme un orage qui gronde au loin. Comme tout le monde s'était tu, Kesakichi se mit à chanter d'une voix forte. Son vêtement relevé par-derrière, ses jambes croisées en tailleur et ses manches relevées jusqu'aux épaules, il chanta :

Petit père sors voir les arbres secs foisonnent
Il faut aller mets sur ton dos la planche

Ces temps-ci, Kesakichi était devenu bien habile dans ses intonations. O Rin jugeait vraiment excellentes les intonations de Kesakichi. Mais, pour la chanson qu'il avait chantée maintenant, c'était un vrai gâchis de chanson. On la chantait depuis autrefois, mais elle s'était embrouillée de plus en plus. « C'est bien désolant », pensa O Rin :

— Kesa ! Y n'existe point une chanson comme ça. C'est : « La montagne est en feu, les arbres secs foisonnent », enseigna-t-elle.

— Ha ! Mais... Le vieux de la Maison au sou l'a chantée comme ça.

— Idiot que tu es ! Autrefois, y a eu le feu dans la montagne. A ce moment-là, tout le monde est allé à la montagne, à ce qu'on dit. C'est une chanson là-dessus, hein, Tappei ?

Ce disant, elle regarda Tappei.

Tappei était étendu, le visage tourné vers le plafond, un linge appliqué sur le front. Le linge lui descendait jusqu'aux yeux.

O Rin jeta un regard en coulisse sur la figure de Tappei. Tout d'un coup, elle fut prise d'un sentiment de pitié pour lui. Passer l'hiver est une chose pénible et puis, accompagner au pèlerinage de Narayama est aussi une chose difficile. Tout à l'heure, Tappei avait dit : « L'année prochaine, tu vas à la montagne, hein? »... Il n'avait cessé de s'en préoccuper jusqu'à maintenant. A y penser, elle était prise de pitié pour lui.

O Rin se glissa auprès de Tappei. Doucement, elle souleva le chiffon. Les yeux de Tappei lui apparurent brillants. Si bien qu'elle recula aussitôt et s'éloigna.

« Il a les yeux qui brillent. Mais, ce serait-y point qu'y laisse couler des larmes, ou quoi? Avec un pareil manque de courage, nous voilà mal partis! » pensa-t-elle.

« Regardons-le bien, tant que j'ai encore mes yeux ouverts. »

D'une œillade oblique, elle regarda longuement dans la direction des yeux de Tappei.

Le bruit du mortier s'arrêta. Tama-yan se précipita dehors et alla se laver le visage au ruisseau de devant. Tout à l'heure déjà, Tama-yan avait cessé de tourner l'instrument et était allée se laver le visage.

« Celle-là aussi, ce serait quand même point qu'é pleure, ou quoi? Nous voilà mal partis! Avec un pareil manque de courage... Et le Tappei, lui aussi, faut qu'y se tienne plus fermement que ça. Nous voilà mal partis, rien qu'avec des faiblards! »

Kesakichi se remit à chanter :

La montagne est en feu les arbres secs foisonnent
Il faut aller mets sur ton dos la planche

Cette fois-ci, sa façon de chanter avait été correcte. L'intonation était vraiment bonne. Le passage qui dit « les arbres secs foisonnent » se chante sur un air qui ressemble à un cantique, et c'était une intonation irréprochablement parfaite, au point qu'on aurait pu en pleurer, comme pour une chanson de Naniwa [1].

Comme il finissait de chanter : « Mets sur ton dos la planche », O Rin l'accompagna d'un grand :

— Ooh! Excellent!

Le troisième jour qui suivit, tard dans la nuit, des bruits de pas d'un grand nombre de gens passèrent devant chez O Rin en direction de la montagne de derrière. Ce fut le lendemain que parvint à la connaissance des habitants du village la nouvelle que toute la famille de la Maison qu'y pleut avait disparu de l'endroit.

— Désormais, on parlera plus de la Maison qu'y pleut.

Tel fut l'accord qu'on fit dans le village et plus personne n'en souffla mot.

Avec le douzième mois, ce fut l'hiver rude. Comme il s'agit du calendrier

---

1. Sorte de chanson à caractère mélodramatique.

lunaire, on entre dans le froid vers le milieu de ce mois-là. Vint le temps où les enfants s'agitèrent en criant :

— Les *bambâ* de la neige ont commencé à danser.

Alors, O Rin de dire avec fierté :

— Quand j'irai à la montagne, moi, c'est bien probable qu'il neigera!

Ce qu'on appelle les *bambâ* de la neige, ce sont de petits insectes blancs qui dansent. On dit qu'avant que la neige ne tombe, ces insectes blancs vont et viennent en dansant.

Quant au ventre de Matsu-yan, c'était au point qu'il n'y avait aucun doute que le terme de l'accouchement fût proche. Ses mouvements, sa respiration finissaient par attirer l'attention.

Le jour qui précédait de quatre jours le nouvel an, O Rin guetta le lever de Tappei, de bon matin, et l'entraîna dehors. Bouche collée contre oreille, elle lui dit :

— J'invite ce soir ceux qui ont déjà été à la montagne. Va le leur annoncer à tous.

O Rin avait résolu d'aller au pèlerinage de Narayama le lendemain. Aussi voulait-elle inviter ce soir ceux qui avaient déjà été à la montagne et leur servir le *sake* du banquet.

— Je crois qu'il est encore tôt. T'as qu'à y aller qu'une fois l'année prochaine arrivée.

En l'entendant dire qu'elle irait le lendemain, Tappei fut tout désorienté. Il vivait dans l'idée qu'elle irait quand on serait arrivé dans l'année prochaine.

O Rin :

— Sornettes! Même que c'est un peu tôt... Vaut bien mieux que ce soit tôt. De toute façon, faut que ce soit avant que le souriceau naisse...

Tappei, peu enthousiaste, ne répondit rien. O Rin :

— Va-t'en vite prévenir tout le

107

monde. Y vont tous s'en aller à la montagne et y seront absents.

Cette façon de parler avait le pouvoir de réduire Tappei à la stricte obéissance. Elle lui lança par derrière :

— C'est-y compris ? Si tu vas pas les prévenir, demain, j'irai toute seule à la montagne !

Ce soir-là, ceux qui avaient été invités s'assemblèrent chez O Rin. La nuit avant d'aller à la montagne, on sert le *sake* du banquet, mais les invités se limitent exclusivement aux gens qui ont déjà fait le voyage de la montagne. Ceux-ci, tout en consommant le *sake* qui leur est offert, présentent des instructions au sujet des choses nécessaires pour aller à la montagne : ils donnent des explications et, aussi, ils font prononcer un serment. Même pour la présentation des instructions, il y a une manière de faire, qui est comme un code, chacun présentant une instruction à tour de rôle.

Ceux qui se rassemblèrent étaient sept hommes et une femme. La femme qui était parmi eux avait été l'année dernière accompagner quelqu'un; toutefois, c'était là une chose rare. Dans les familles où il n'y avait vraiment personne pour accompagner, on demandait à quelqu'un du dehors. Mais, quand on obtenait que quelqu'un se chargeât d'accompagner, c'étaient généralement des hommes qui y allaient. Celui qui, parmi les huit invités au *sake* du banquet, avait été à la montagne en premier, était appelé « le pèlerin le plus ancien » et son droit à la parole était le plus fort.

Il jouait comme le rôle d'un chef et s'occupait de tout pour tout le monde.

Pour boire le *sake* aussi, c'est lui qui passait en premier, et tout se trouvait fixé d'après l'ordre dans lequel chacun avait été à la montagne. Celui qui, ce soir, était l'hôte faisant figure d'ancien, était un homme qu'on appelait « Teru-yan l'irascible ». Non pas que Teru-yan fût irascible — c'était un individu bien tranquille d'une cinquantaine d'années — mais je ne sais combien de générations avant, il y avait eu dans la famille de Teru-yan une personne irascible. C'est pourquoi, maintenant encore, lui était appelé « l'irascible ». Ce n'était pas là un sobriquet; c'était devenu comme une sorte de nom de maison.

Quoique O Rin et Tappei fussent chez eux, ils se trouvaient assis à la place d'honneur et leurs hôtes étaient alignés devant eux, au bas bout de la pièce. Devant O Rin et Tappei, était posée une grande jarre. C'était la jarre où se trouvait, en quantité de près d'un *to*, le *doburoku* de Messire le *hagi* blanc qu'O Rin avait préparé en vue de ce soir.

Teru-yan, tourné vers O Rin et Tappei, rectifia d'abord son attitude et salua. Sur ce, à sa suite, les autres invités, à l'unisson, inclinèrent la tête.

Teru-yan s'adressant à Tappei :

— Le pèlerinage à la montagne est dur. Nous vous savons gré de votre peine.

O Rin et Tappei devaient désormais se tenir à leur place, sans dire quoi que ce soit.

Teru-yan, lorsqu'il eut fini de parler, prit la jarre et, la portant à sa bouche, il but autant qu'il le put, à longues gorgées. Ensuite, il passa la jarre au suivant et celui-ci but autant qu'il le put, puis, à son tour, il la passa à celui qui venait en ordre après lui. Lorsqu'elle arriva à la fin, on l'apporta de nouveau devant Teru-yan.

Teru-yan, s'adressant à O Rin, d'un ton de voix pareil à celui sur lequel on lit un livre :

— Nous comptons que vous respecterez sans faute les règles du pèlerinage de la montagne.

« L'une est : quand vous irez à la montagne, ne pas parler. »

Lorsqu'il eut achevé ces mots, il porta de nouveau la jarre à sa bouche et but à longues gorgées, puis il la passa au suivant.

O Rin et Tappei connaissaient déjà tout ce dont les instruisaient les hôtes de ce soir. C'étaient des choses qu'ils savaient pour les avoir entendues dans la conversation courante, mais c'était la coutume de les entendre ainsi de manière solennelle et, vu qu'il s'agissait de faire comme un serment devant les hôtes, ils écoutaient avec la plus grande attention.

Lorsque la jarre eut, encore une fois, fini de faire le tour, elle fut posée devant celui qui venait après Teru-yan. Sur le même ton que tout à l'heure Teru-yan, celui-ci dit :

— Nous comptons que vous respecterez sans faute les règles du pèlerinage de la montagne.

« L'une est : quand vous sortirez de chez vous, sortir de manière à n'être vus de personne. »

Lorsqu'il eut fini de parler, il porta la jarre à sa bouche et but à longues gorgées. Lorsque la jarre eut fait un tour, elle fut posée devant le troisième.

Celui-ci, à son tour, sur le même ton que tout à l'heure Teru-yan :

— Nous comptons que vous respecterez sans faute les règles du pèlerinage de la montagne.

« L'une est : quand viendra l'heure du retour de la montagne, en aucun cas ne vous retourner en arrière. »

Lorsqu'il eut fini de parler, il porta la jarre à sa bouche et but à longues gorgées. Lorsque la jarre eut fait un tour, elle fut posée devant le quatrième des convives. Avec le troisième, la cérémonie du serment s'était trouvée terminée, mais le quatrième enseigna la route qu'il convenait de suivre pour se rendre à Narayama :

« En ce qui concerne le chemin par lequel on va à la montagne, voici : on contourne la base de la montagne de derrière, puis passant au pied du *hiiragi*[1] de la montagne suivante, on contourne la base de cette montagne également. On passe en montant la pente de la troisième montagne et, par-delà, on trouve un étang. On tourne à trois reprises le long des étangs et, par des degrés de pierre, on fait l'ascension de la quatrième montagne. Quand on est parvenu au sommet de cette dernière, de l'autre côté de la vallée, c'est Messire Narayama. On s'avance en gardant la vallée sur sa droite et la montagne suivante sur sa gauche. Pour contourner la vallée, on marche deux lieues et demie. Sur le trajet, il y a un chemin qui fait sept méandres. On

1. Nom d'un arbre (olivier à feuilles de houx).

appelle cet endroit « les Sept Vallées ».
Après qu'on a franchi les Sept Vallées,
tout droit devant, c'est le chemin de
Narayama. A Narayama, quoiqu'il y ait
un chemin, il n'y a pas de chemin. On
monte au milieu des chênes, plus haut,
toujours plus haut et, là, le dieu vous
attend. »

Lorsqu'il eut fini de parler, la jarre fit
le tour et tout se trouva achevé. Ces
instructions une fois terminées, il ne
fallait pas que quelqu'un dît quoi que ce
soit. C'est pourquoi, en dehors des
quatre qui avaient donné les instructions, personne ne pouvait prendre la
parole. Ensuite, sans qu'on soufflât mot,
la jarre tourna, et l'on acheva de boire le
sake. Chacun, après avoir bu autant qu'il
en était capable, se retira dans le silence,
comme en s'éclipsant. Seul resta Teru-
yan, qui devait rentrer le dernier. Quand
tout le monde fut parti, Teru-yan, à son
tour, se leva de son siège et, tout en se

levant, il appela de la main Tappei, qu'il entraîna au-dehors.

D'une petite voix, il dit :

— Dis donc! Si ça t'déplaît, t'as pas besoin d'aller jusqu'à la montagne. Même que tu rentres à partir des Sept Vallées, ça fait rien!

Sur ce, quoiqu'il n'y eût personne, il examina l'obscurité à la ronde d'un air apeuré.

« Quelle drôle de chose il a dit », pensa Tappei. Mais, vu qu'O Rin voulait accomplir cet acte en y mettant tout son cœur, il n'avait aucun usage à faire d'une pareille sottise, et il ne la retint même pas dans son esprit.

Teru-yan, aussitôt :

— Oh, ça aussi, c'est une chose à enseigner de façon telle qu'é ne soit entendue de personne. C'est pour ça que je te la dis, seulement pour te la dire...

Là-dessus, il s'en retourna.

Tout le monde une fois reparti, O Rin

116

et Tappei gagnèrent leur couche. Mais, comme elle devait aller le lendemain soir à la montagne, O Rin ne songeait pas à dormir.

La nuit était bien avancée. Il pouvait être vers les trois heures du matin. O Rin entendit quelqu'un gémir au-dehors. C'était une voix d'homme qui geignait. La voix se rapprocha de plus en plus, elle vint jusque devant la maison d'O Rin. Mais, alors, comme pour couvrir cette voix gémissante, la chanson du *ballottement du sourd* s'éleva :

Six racines, six racines, ô six racines
  Accompagner semble facile et ne l'est point
    Sur les épaules c'est lourd le fardeau est
    pénible
      Ah! purifions les six racines, purifions les
      six racines

O Rin dressa la tête hors de sa couche et tendit l'oreille. Elle reconnut que cette

voix était la voix gémissante du Mata-yan
de la Maison au sou.

« L'imbécile! » pensa-t-elle une fois de
plus. Peu après, elle eut l'impression
d'un bruit de pas qui se rapprochait.
Puis il y eut un bruit d'ongles qui
raclèrent la porte de la maison d'O Rin.

« Qu'est-ce que ça peut bien être? »

Elle se leva et sortit dans la véranda.
Elle ouvrit un vantail du côté où se
produisait ce raclement. Le dehors était
éclairé par la lumière de la lune.
Mata-yan était là, accroupi, le visage
caché, et tremblant de tout son corps.

A ce moment-là, quelqu'un arriva en
trombe. C'était le fils de Mata-yan. Il
tenait à la main une corde de paille et
regardait durement Mata-yan.

O Rin appela :

— Tappei, Tappei!

Tappei qui ne semblait pas, lui non
plus, avoir dormi, sortit aussitôt. Il se
tourna vers le fils de la Maison au sou,

aperçut la corde de paille que celui-ci
tenait à la main.

— Qu'est-ce qui se passe donc?
demanda-t-il.

— L'a coupé la corde avec ses dents
et y s'est sauvé!

Le fils dévisageait toujours Mata-yan
d'un air hostile.

« L'imbécile! » pensa Tappei, effrayé
de la brutalité du fils de la Maison au
sou.

« L'imbécile! » songea O Rin qui
contemplait Mata-yan avec ahurisse-
ment. Dans une chanson connue depuis
jadis, il est dit :

Soumis qu'il est au ballottement du sourd
La corde s'est rompue, rompue aussi la relation[1]

1. « Relation » est un mot du vocabulaire bouddhique. Il s'agit, à proprement parler, de la relation,
fondée sur les actes antérieurs, qui lie deux êtres l'un à
l'autre. Mais le terme est employé ici simplement au
sens d'une relation d'obligations réciproques. En ne
tenant pas la conduite qu'attendent de lui, non

119

« Quoiqu'il y ait une pareille chanson, une situation comme ça, être ballotté au point que la corde se rompe et, qui plus est, l'avoir, à ce qu'on dit, coupée avec ses dents, ça, c'est encore au-dessus de ce que dit la chanson », pensa O Rin. D'un air de gronderie, elle admonesta Mata-yan :

— Mata-yan, en arriver au point qu'on te fait le ballottement du sourd, y a point d'excuses à ça! Si la relation se rompt pendant que t'es encore de ce monde, vis-à-vis de Messire le dieu de la montagne et, aussi, vis-à-vis de ton fils, dans quelle situation tu vas te trouver!

O Rin enseignait dans une très gentille intention ce qu'elle croyait être juste.

_____

seulement son propre fils, mais aussi le dieu de la montagne, Mata-yan va briser les liens qui le ratta-chent à ceux-ci. Il risque, par là, de se placer lui-même hors de toutes les règles et de se trouver rejeté, par la colère divine, de la communauté à l'écart de laquelle il n'y a point pour lui de salut.

— Pour cette nuit, arrête donc! dit
Tappei au fils et, prenant Mata-yan sur
son dos, il le transporta jusqu'à la
Maison au sou.

La nuit d'après, O Rin, stimulant avec
une implacable ténacité le dépourvu
d'entrain Tappei, aborda le chemin du
pèlerinage de Narayama. Au cours de la
soirée, elle lava Messire le *hagi* blanc
qu'ils mangeraient tous le lendemain et
elle expliqua bien les choses à Tama-yan
au sujet des champignons et des truites.
Après avoir examiné si tout le monde
dormait dans la maison, elle défit sans
bruit un vantail de la véranda de derrière. De là, elle monta sur une planche
que Tappei portait suspendue au dos.
Cette nuit-là, il n'y avait pas de vent,
mais il faisait particulièrement froid; le
ciel étant chargé de nuages, il n'y avait
pas non plus de clarté de lune, et Tappei
se mit à marcher d'un pas d'aveugle dans

le sentier tout obscur. Après qu'O Rin et Tappei eurent été sortis, Tama-yan se leva de dessous son édredon. Elle ouvrit le vantail et sortit au-dehors. Une main appuyée sur la souche, scrutant l'obscurité, elle les accompagna du regard.

Tappei contourna la base de la montagne de derrière et parvint au pied du *hiiragi*. Les branches foisonnaient à la manière d'une ombrelle. A passer en dessous, il y régnait une obscurité inquiétante, telle que si on était entré dans une maison. Jusqu'ici, c'étaient des endroits où Tappei était déjà venu, mais, au-delà, c'était un chemin dans lequel il était traditionnellement défendu de s'engager, si ce n'est pour le pèlerinage de Narayama. Toujours, on s'abstenait de passer sous le *hiiragi* et l'on prenait un chemin qui tournait, soit vers la droite, soit vers la gauche. Mais, aujourd'hui, il alla tout droit. Il contourna la base de la deuxième montagne également, puis la base de la troisième montagne, et il trouva l'étang. Le ciel blanchit vaguement et, lorsqu'il eut fini de tourner autour des étangs, il commença à faire clair. Il trouva les trois degrés de pierre et, à partir de là, il y eut une pente raide. La quatrième montagne, il la grimpa jusqu'en haut. C'était une montagne assez élevée et, en s'approchant du sommet, elle devint abrupte.

Arrivé au sommet, Tappei promena son regard. En face, lui apparut Narayama qui semblait être en train d'attendre. La montagne où il se trouvait était séparée de Narayama par une vallée telle qu'on aurait pu se demander si elle s'effondrait jusqu'à l'enfer. Pour aller à Narayama, on descend légèrement du sommet et on suit un chemin qui est comme un sentier de crête. A droite est un précipice; à gauche, c'est la pente d'une montagne qui s'élève à pic.

Comme cette vallée était une vallée entourée de quatre montagnes, profonde comme le fond de l'enfer, Tappei s'avança en foulant précautionneusement le chemin d'un pas ferme. On lui avait enseigné que, pour faire le tour de la vallée, il y avait deux lieues et demie. Mais, au fur et à mesure qu'il se rapprochait de Narayama, il n'eut plus conscience que de sa marche pas à pas. Dès lors qu'il avait aperçu Narayama, il était devenu comme le serviteur du dieu qui demeurait là, et il allait en pensant qu'il allait sur l'ordre du dieu. De cette façon, il parvint jusqu'à l'endroit des Sept Vallées. Il leva la tête : Narayama, devant ses yeux, avait l'air d'être assise. Comme on lui avait dit que dès qu'on a passé les Sept Vallées, quoiqu'il y ait un chemin, il n'y a pas de chemin, il alla en montant plus haut, toujours plus haut. En fait d'arbres, il n'y avait rien que des chênes[1]. A la pensée qu'ils étaient arrivés enfin à Narayama, Tappei prit cette résolution, qu'il n'était plus possible de parler. Depuis qu'O Rin avait quitté la maison, elle n'avait pas dit un mot. Tout en marchant, il avait bien commencé à lui parler, mais elle ne lui avait fait aucune réponse. Il avait beau monter, il avait beau monter, ce n'étaient, l'un après l'autre, que des chênes. Ainsi, finalement, il arriva à un endroit qui avait l'air d'être le sommet. Comme il dépassait un gros rocher qui se trouvait là, voici qu'il y avait quelqu'un au pied de ce rocher. Tappei tressaillit et, involontairement, recula. L'homme qui était appuyé contre le rocher, le corps recroquevillé, était un mort. Il avait les deux poings fermés et semblait tenir les mains toutes jointes. Tappei demeura cloué sur

1. Rappelons que le nom même de Narayama signifie « la montagne aux chênes ».

place, incapable d'avancer. O Rin, de derrière son dos, étendit la main et l'agita vers l'avant. C'était un signe pour lui dire : « Avance! » Tappei avança. De nouveau, voici un rocher et, au pied de celui-ci, des ossements blanchis. Les deux jambes y étaient, mais la tête était à l'envers, ayant roulé par terre à côté. Seuls, les os des côtés restaient appuyés contre le rocher à la façon du cadavre de tout à l'heure. Les bras avaient roulé loin du corps, à distance l'un de l'autre. Le tout était éparpillé d'une façon telle qu'on pouvait se demander si quelqu'un ne l'avait pas disposé ainsi par plaisante-rie. O Rin étendit la main et l'agita pour dire : « Va de l'avant, va de l'avant! » Là où il y avait un rocher, à coup sûr, il y avait un cadavre. Plus loin, cette fois, il y eut un cadavre au pied d'un arbre. C'était un mort récent qui avait l'air d'être encore vivant. Là, Tappei, une nouvelle fois, de sursauter et de ne pouvoir avancer. C'est que le cadavre qu'il avait devant les yeux avait bougé. Il examina bien, bien la figure : il n'y avait aucun doute, ce n'était pas là quelqu'un de vivant. « Néanmoins, pensa Tappei, c'est sûr qu'il vient de bouger! » et il sentit ses jambes se raidir. Là-dessus, de nouveau, le cadavre bougea. Cela bougea du côté de la poitrine du cadavre. C'est qu'il y avait là un corbeau. Comme le vêtement était de couleur sombre, Tappei ne s'était pas rendu compte de la présence du corbeau. Il tapa violemment du pied sur le sol. Mais le corbeau ne s'enfuit aucunement. Tappei s'avança en passant tout à côté. Alors, le corbeau de prendre son envol. Calmement, d'ouvrir ses ailes et de prendre son envol. C'était un corbeau d'une tranquillité odieuse. Comme Tappei, par hasard, se retournait vers le cadavre, voici que dans la poitrine de celui-ci, il y avait encore un corbeau. « Il y en avait donc deux? » se

127

demandait-il, quand, de dessous le précédent, bougea la tête d'encore un autre corbeau. « Ce cadavre allonge les jambes [comme un homme au repos], mais les corbeaux lui ont dévoré le ventre et y ont fait leur nid », pensa-t-il. A l'idée qu'il y en avait peut-être encore davantage, il fut saisi d'un sentiment de haine et d'horreur. Cet endroit semblait être le sommet. Toutefois, le chemin montait encore. Au fur et à mesure qu'il monta, les corbeaux furent plus nombreux. Quand Tappei faisait un pas en avant, des corbeaux se mettaient nonchalamment en marche, comme si la terre, autour de lui, eût été mouvante. Ils marchaient avec un crissement sur les feuilles mortes, en faisant un bruit comparable à celui de personnes humaines qui marchent.

— Comme la montagne est pleine de corbeaux !

Il était épouvanté de leur nombre. Les

corbeaux n'arrivaient pas à lui apparaître comme des oiseaux. Ils avaient des expressions d'yeux de chats noirs et des mouvements indolents qui causaient du malaise. De plus en plus nombreux étaient aussi désormais les cadavres étendus. En progressant encore un peu, il découvrit un endroit qui offrait l'aspect d'une montagne chauve, où il n'y avait que des rochers. Là, les os blanchis étaient comme neige tombée; il y en avait tant répandus à terre que les alentours en étaient devenus blancs. Tappei, qui marchait en ne regardant que vers le bas, cherchait à marcher en évitant les os, mais ses yeux finissaient par vaciller, et il manquait de trébucher et de tomber. Il pensa : « Parmi tous ces ossements blanchis, il y a sans doute des gens que j'ai connus pendant qu'ils vivaient. » Par hasard, un bol de bois qui avait roulé à terre se présenta à son regard. A cette vue, il s'arrêta, pétrifié d'étonnement.

— Ça, c'est quelque chose!

Il était tout à fait admiratif. Il y avait un homme qui, même pour venir ici, avait apporté un bol! A l'idée que, parmi ceux qui avaient fait le voyage avant, il s'était trouvé des gens d'une semblable prévoyance, il ressentit comme une tristesse, lui qui n'en avait pas apporté. Des corbeaux, sur le dessus d'un rocher, roulaient des yeux affolés. Tappei ramassa une pierre et la leur lança, *vlan!* Ils s'envolèrent en un éclair. Ceux qui étaient autour de lui s'envolèrent du même coup.

— A voir la façon dont y s'enfuient, y viendraient quand même point donner du bec sur une personne vivante.

D'avoir compris ceci, il se sentit un peu soulagé. Le chemin avait toujours une légère tendance à monter. Au bout de quelques pas, il y eut un rocher contre lequel il n'y avait pas de cadavre. Lorsque Tappei y atteignit, O Rin lui tapa sur l'épaule et battit des jambes. C'était pour réclamer qu'il la fît descendre de la planche accrochée à son dos, où elle était assise. Tappei l'en fit descendre. O Rin, descendue de la planche, étendit à l'ombre du rocher la natte qu'elle avait mise autour de ses reins. Puis elle voulut accrocher à la planche que Tappei portait au dos un petit paquet qui était attaché à sa taille. Tappei écarquilla les yeux et, d'un air fâché, il posa le paquet sur la natte. O Rin retira du paquet une boule de Messire le *hagi* blanc[1] et la posa sur la natte. Puis elle chercha à réaccrocher le paquet à la planche que Tappei portait au dos. Tappei comme pour l'arracher de ses mains, tira la planche à soi et reposa le paquet sur la natte.

1. C'est la coutume au Japon d'emporter des boules de riz cuit bien tassées comme provisions de voyage.

O Rin se plaça debout toute droite sur la natte. Elle ferma les deux mains et les tint appuyées contre sa poitrine, gardant ses deux coudes bien écartés à gauche et à droite de son corps, et le regard obstinément fixé au sol. La bouche close, elle formait une figure immobile. En guise de ceinture, elle s'était noué une corde. Tappei contempla le visage de cette O Rin dont le corps ne faisait pas le moindre mouvement. Il eut le sentiment que le visage d'O Rin avait pris une autre expression qu'au temps où elle était à la maison. Sur son visage, les traits d'une morte avaient fait leur apparition.

O Rin étendit les mains et saisit les mains de Tappei. Puis, elle le fit se tourner dans la direction d'où ils étaient venus. Tout le corps de Tappei devint brûlant; comme s'il était entré dans un bain d'eau chaude, de grosses gouttes de

sueur lui perlèrent. Une vapeur se déga-
gea de sa tête.

Les mains d'O Rin serrèrent dur les
mains de Tappei. Puis, elle lui poussa
fortement le dos.

Tappei se mit à marcher. Il se mit en
marche en respectant le serment de cette
montagne dans laquelle il est défendu de
se retourner en arrière.

Après avoir marché dix pas, Tappei
brandit vers le ciel la planche où O Rin
n'était pas assise et se mit à pleurer à
chaudes larmes. Comme un homme ivre,
il redescendit en trébuchant. Après un
peu de descente, il buta contre un
cadavre et dégringola. Il alla donner de
la main, à côté de ce cadavre, en plein
contre une figure où, dans un vide laissé
par de la chair tombée, apparaissait de
l'os de couleur grise. Comme il allait se
relever, il regarda la figure de ce cadavre
et il s'aperçut qu'une corde était enrou-
lée autour de son mince cou. Tappei, à

cette vue, baissa la tête. « Moi j'aurais jamais eu un pareil courage », grommela-t-il. Il recommença sa descente de la montagne. Il était redescendu à peu près jusqu'à la moitié de Narayama, quand quelque chose de blanc se réfléchit dans ses yeux. Il s'arrêta et regarda devant lui. Au milieu des chênes, il dansait une poudre blanche. C'était de la neige.

— Ah!

Tappei eut une exclamation. Il regarda avidement la neige. La neige se mit à tourbillonner et à tomber plus épaisse. C'était donc arrivé ainsi qu'O Rin l'avait toujours fièrement annoncé :

« Quand j'irai à la montagne, moi, c'est bien probable qu'il neigera! »

Tappei tourna résolument les talons et commença à remonter la montagne. Le serment de respecter sans faute les lois de la montagne s'en alla au vent. Tappei voulait annoncer à O Rin que la neige s'était mise à tomber. Plutôt que de lui annoncer cela, il voulait en parler avec elle : « La neige s'est mise à tomber! Vraiment, la neige tombe! » Il ne voulait lui dire que cette seule parole. Tappei grimpait comme un singe le chemin de la montagne défendue.

Lorsqu'il parvint au rocher où se trouvait O Rin, la neige avait entièrement recouvert le sol d'une couche blanche. Dissimulé au pied d'un rocher, il examina la contenance d'O Rin. Non content d'avoir, en retournant sur ses pas, rompu le serment du pèlerinage de la montagne, il se préparait à rompre le serment selon lequel on ne doit pas prononcer un mot. C'était la même chose que de commettre un crime. Mais, tout comme elle l'avait dit : « C'est bien probable qu'il neigera! », voilà qu'il s'était mis à neiger! C'est cela qu'il voulait dire — il suffisait d'une parole.

Tappei avança doucement la figure de

derrière le rocher. Là, devant ses yeux, O Rin était assise. Elle s'était protégée de la neige en se couvrant la tête par derrière avec la natte, mais, sur ses cheveux de devant, sur sa poitrine et sur ses genoux, la neige s'était accumulée : elle avait l'air d'un renard blanc. Les yeux fixés sur un point, elle psalmodiait la prière d'adoration du Bouddha [1]. Tappei, d'une voix forte :

— Maman... Y neige!

O Rin sortit doucement une main et l'agita du côté de Tappei. Cela semblait vouloir dire : « Rentre! rentre! »

— Maman, tu vas avoir froid!

O Rin secoua plusieurs fois la tête de côté. A ce moment-là, Tappei s'aperçut

1. *Nembutsu.* C'est la formule « Adoration au Bouddha Amida » *(Namu Amida butsu)* que répètent les fidèles des doctrines de la Terre pure. Le lecteur désireux de s'informer sur ce point, pourra consulter l'excellente monographie consacrée par le P. de Lubac à *Amida* (Éditions du Seuil).

qu'il n'y avait plus un seul corbeau. Comme il s'était mis à neiger, peut-être s'étaient-ils envolés vers des villages. Ou alors, peut-être ont-ils regagné leur nid, se dit-il. Quelle bonne chose, qu'il eût neigé! Et puis, on devait avoir moins froid, à être enfermé dans la neige, qu'à être exposé au vent de la montagne froide. Et, pensa-t-il, comme ça, Maman finira par s'endormir.

— Maman, y neige, ta chance est bonne!

Il continua en disant les paroles de la chanson :

Le jour qu'elle va à la montagne...

Tout en marquant son assentiment par des mouvements de tête de bas en haut, O Rin avançait la main du côté d'où venait la voix de Tappei et l'agitait, pour dire : « Rentre! rentre! »

— Maman, c'est vrai qu'y neige! cria-t-il et, sur ce, comme un lièvre échappé, il dévala la montagne en courant. A l'idée que quelqu'un savait peut-être qu'il avait enfreint les règles de la montagne, il fit la descente par bonds. Lorsqu'il fut descendu jusqu'à un endroit situé au-dessus des Sept Vallées, où il ne devait normalement y avoir personne, il aperçut le fils de la Maison au sou qui, au beau milieu de la neige, cherchait à se décharger de la planche accrochée à son dos. Sur la planche était installé Mata-yan. Avec une corde de paille, il était attaché comme un criminel.

— Salaud!

Le mot sortit tout seul de la bouche de Tappei, qui, du coup, s'arrêta. C'est que le fils de la Maison au sou se préparait à précipiter Mata-yan du haut des Sept Vallées. Il allait faire tomber Mata-yan dans une vallée d'enfer entourée de quatre montagnes et si profonde qu'on ne pouvait savoir à quel point. Tappei voyait la chose sous ses yeux.

« Il va le faire dégringoler en bas », comprit-il. Alors, il se rappela que, la nuit précédente, Teru-yan avait dit : « Si ça t'déplaît, même que tu rentres à partir des Sept Vallées, ça fait rien. »

— Hé, c'est donc ça qu'il enseignait !

Il venait de saisir pour la première fois. Hier soir, Mata-yan avait pris la fuite, mais, aujourd'hui, il était garrotté de la tête aux pieds. A la manière d'un sac de patates, d'une façon qui n'est pas celle d'un être animé, il débaula par terre. Son fils le poussa de la main et s'apprêta à le précipiter en bas. Mais Mata-yan, avec des doigts qui avaient retrouvé au milieu des cordes un peu de liberté, agrippa désespérément le col du fils et s'y accrocha. Le fils essaya de desserrer l'étreinte de ces doigts-là. Mais des doigts de l'autre main de Mata-yan lui agrippèrent l'épaule. Le bout des jambes du vieillard commençait à pendre de façon inquiétante au-dessus de la vallée. Vus de l'endroit où se trouvait Tappei, Mata-yan et son fils se livraient dans le silence à un combat qu'on aurait pu prendre pour un jeu. Là-dessus, le fils leva la jambe et *vlan!* d'un bon coup de pied dans le ventre de Mata-yan, il envoya bouler celui-ci. Et voilà Mata-yan qui tomba à la renverse, la tête la première vers la vallée, tourna deux fois sur soi-même comme une balle, et qui, aussitôt, retombant de côté, dégringola sur un talus abrupt et alla s'abîmer en bas. Tandis que Tappei cherchait à apercevoir le fond de la vallée, du fond de la vallée, comme une trombe d'eau, comme une fumée noire monte en gros paquets, une grande volée de corbeaux s'éleva en tournoyant. En tournoyant, elle s'éleva comme un bouillonnement de vapeur.

— Des corbeaux!

Tappei en eut un malaise; ce fut comme si son corps se rétrécissait. Ils tournoyèrent et, à grand fracas, *kaa, kaa,* ils montèrent décrire des cercles très haut au-dessus de la tête de Tappei. « Ils ont leur nid quelque part dans cette vallée et la neige les a fait s'y réunir. Mata-yan a dû tomber là-dedans », pensa-t-il.

Les corbeaux qui voltigeaient en tous sens, commencèrent petit à petit à redescendre vers le fond de la vallée.

— La proie des corbeaux!

A l'idée de cette énorme quantité de corbeaux, Tappei eut un frisson. « Mais, songea-t-il, en arrivant en bas, il était déjà mort. » Il regarda du côté du fils. Il n'y avait pas de doute, ce dernier, lui aussi, à la vue des corbeaux, devait se sentir mal à l'aise. Le voilà qui raccrocha à son dos la planche vide et se mit à courir, comme fendant l'air.

« Quand on fait de pareilles choses, ça

n'est pas étonnant qu'on ne serve pas non plus le *sake* du banquet », pensa Tappei, et il regarda longuement le fils tandis que celui-ci s'enfuyait, le dos courbé, comme un loup qui court.

La neige devint plus épaisse, comme en gros flocons. Lorsque Tappei arriva au village, le soleil était déjà couché; il faisait noir.

« Quand je serai rentré, c'est sûr que la petite dernière va être triste, O Rin n'étant plus là », songea-t-il. Lorsqu'il s'entendrait demander :

— Bonne-Maman, quand c'est qu'elle va rentrer?

Que répondre? Il était bien embarrassé. Il était parvenu jusque devant la maison mais, restant debout à l'extérieur de la porte, il observa ce qui se passait au-dedans.

Dans la maison, le second fils était en train d'amuser la petite dernière en lui chantant une chanson :

A la montagne de derrière irons-nous abandonner
  la vieille
    Mais de derrière même un crabe reviendrait en
    rampant

En son absence, les enfants étaient en train de parler d'O Rin. « Ainsi, ils savent donc », se dit-il. Ils ne faisaient que chanter et rechanter la chanson du crabe :

Quand il est revenu en rampant on ne l'a pas laissé
  passer la porte
    Le crabe n'est pas un oiseau qui pleure la nuit

Au sujet de cette chanson, voici : jadis au village, on allait abandonner les vieillards à la montagne de derrière. Un jour qu'on était allé abandonner une vieille, elle revint en rampant jusqu'à la maison. Les gens de la maison s'écrièrent : « Elle est venue en rampant, elle est venue en rampant, c'est comme un crabe! » et ils barricadèrent la porte et ne la reçurent pas à l'intérieur. Un petit enfant, dans la maison, se figura que, réellement, un crabe était venu jusque-là en rampant. La vieille, toute la nuit durant, resta à pleurer devant la porte. En entendant sa voix qui pleurait, l'enfant dit : « Le crabe pleure. » Les gens de la maison, pensant que l'enfant ne comprendrait pas si on lui expliquait, dirent : « Ça n'est point le crabe. Un crabe ne pleure pas la nuit. Ça, c'est un oiseau qui est en train de crier. » Et, ainsi, ils le trompèrent. La chanson du crabe chantait cette histoire.

Tappei, debout à l'entrée, écoutait la chanson du crabe. Il pensa que, du moment qu'ils ne chantaient que cette chanson, c'est qu'ils savaient déjà qu'O Rin ne rentrerait désormais plus, et il en éprouva du soulagement. Il se déchargea de la planche qu'il portait accrochée dans son dos et se débarrassa de la neige tombée sur lui durant le trajet. Juste au moment où il allait ouvrir la porte,

Matsu-yan sortit du cagibi. La ceinture qu'elle portait nouée autour de son gros ventre était la mince ceinture rayée que jusqu'à hier encore avait portée O Rin. Au fond du cagibi dont Matsu-yan venait d'ouvrir la porte et de sortir, Kesakichi, ayant déjà jeté sur ses épaules, en manière de robe de chambre, le vêtement doublé d'ouate qu'hier soir O Rin avait plié avec soin, était négligemment assis, les jambes croisées. Une jarre était posée près de lui. Il semblait s'être enivré en buvant les restes de la nuit précédente. Le regard perdu, la tête inclinée, d'un air ravi, il répétait avec émerveillement :

— Sa chance est bonne. Juste qu'il ait neigé, sa chance est bonne, à Bonne-Maman... C'est vrai qu'il a neigé.

Tappei, toujours debout à l'entrée, chercha la silhouette de Tama-yan, mais il ne l'aperçut nulle part. Il poussa un long soupir. Il songea que si, au pied du

145

rocher là-bas, elle vivait encore, O Rin, toute recouverte de neige, pensait sans doute à la chanson du vêtement doublé d'ouate :

Si froid qu'il fasse le vêtement doublé d'ouate
On ne peut pas vous en couvrir quand vous allez
à la montagne.

CHANSON DE NARAYAMA

O tot chan ___ de te ___ mi ro

ka_ re kya shi ge ___ ru

I ka za a _ _ _ _ naruma _

_ i _ _ _ sho ko shot _ te

Petit père sors voir les arbres secs foisonnent
Il faut aller mets sur ton dos la planche

147

LE BALLOTTEMENT DU SOURD

Six racines ô six racines six racines ô six racines
Accompagner semble facile et ne l'est point
Sur les épaules c'est lourd le fardeau est pénible
Purifions les six racines purifions les six racines

Plus de vingt ans ont passé depuis qu'a paru cette traduction qui avait dû sa publication au bienveillant patronage de Jean Paulhan.

Il ne me semble pas qu'il y ait lieu de modifier, pour l'essentiel, l'avant-propos dont j'avais cru devoir la faire précéder.

Il y a cependant un point sur quoi je souhaiterais insister encore. Le Japon demeure un pays mal connu, touchant lequel on n'est que trop enclin à croire un peu n'importe quoi. En dépit des précautions qui avaient été prises pour écarter toute interprétation réaliste de l'histoire de Narayama, force a été de constater qu'on avait pu l'utiliser comme source documen-

taire à l'appui d'un exposé portant sur les problèmes de la société japonaise actuelle. Aussi voudrais-je redire avec force que, si le thème sur lequel elle est fondée a d'évidents rapports avec les traditions qui se sont formées autour du nom — a l'interprétation d'ailleurs très discutée — d'une célèbre montagne de Shinshû, le mont Obasute, ces traditions paraissent bien, en fin de compte, ne correspondre à rien qui soit historiquement saisissable dans le passé réel du Japon. Qu'il n'y ait donc dans l'esprit du lecteur aucune équivoque : c'est dans un monde relevant de la pure création littéraire que Fukazawa nous emmène.

J'ajouterai quelques mots sur la destinée, depuis deux décennies, de ce singulier auteur. L'année 1969 l'avait vu une nouvelle fois exprimer sa passion du rythme dans un ouvrage (Les Princes de Tokyo) où il mettait en scène l'univers des teenagers enfiévrés par le délire du rock. En décembre 1960 — confidence naïve ou *soudaine explosion d'un fantasme? — il publie le récit d'un rêve où il décrit une hallucinante attaque lancée contre le Palais impérial. Quoiqu'il affirme n'y avoir mis aucune intention politique, l'affaire émeut violemment certains secteurs de l'opinion, des groupes extrémistes crient au sacrilège, un incident tragique s'ensuit, lui-même doit prendre la fuite et restera plusieurs années soigneusement caché. Sa retraite le conduit à reprendre la vie paysanne ; il cultive, fait de l'élevage et crée quelque surprise à Tokyo en y ouvrant une boutique de gâteaux fourrés.*

Même à l'époque la plus noire, il n'avait jamais cessé d'écrire. Ce n'avaient d'abord été que quelques articles, mais, de 1965 où paraît Berceuses de la province de Kai *à 1973 où il publie un recueil de conversations, cinq volumes se succèdent. Puis vient le temps de la maladie. L'intelligentsia, au milieu de laquelle il s'était toujours senti perdu comme un enfant, semble avoir assez vite oublié cette voix étrange et dissonante qui aura peut-être laissé avec* Narayama *le plus beau chant de la littérature japonaise d'aujourd'hui.*

Bernard Frank.
Octobre 1979.

L'année même où fut rédigée cette postface close sur une note quelque peu nostalgique, Fukazawa, qui, décidément, n'a pas fini d'étonner, commençait la publication d'une nouvelle série de récits qu'il rassembla, en 1980, sous le titre de l'un d'eux, « Les poupées du Nord ». Admirative, la critique souhaita l'honorer d'un prix, qu'il refusa. Toutefois, l'année d'après, 1981, il se décidait à en accepter un autre, peut-être parce que celui-ci portait le nom, qui lui est cher, de Tanizaki Junichirô.

Très variés par leurs thèmes, ces écrits portent toujours la marque de la fascination de l'auteur pour des êtres humains immergés dans une sorte de réalité élémentaire. Il les décrit avec ce génie de l'expression naïve et cette grandeur sous-jacente qui ne sont qu'à lui, à l'intérieur d'atmosphères lourdes, équivoques, où le mystère donne un double fond à la ténèbre ambiante.

B. F.
Août 1983.

COLLECTION FOLIO

Impression Bussière Camedan Imprimeries
à Saint-Amand (Cher),
le 6 juin 1997.
Dépôt légal : juin 1997.
1er dépôt légal dans la collection : mars 1980.
Numéro d'imprimeur : 1/1536.
ISBN 2-07-037179-4./Imprimé en France.